FLORET
READING

小花阅读

我们只写有爱的故事

青春阅读　幸得相见

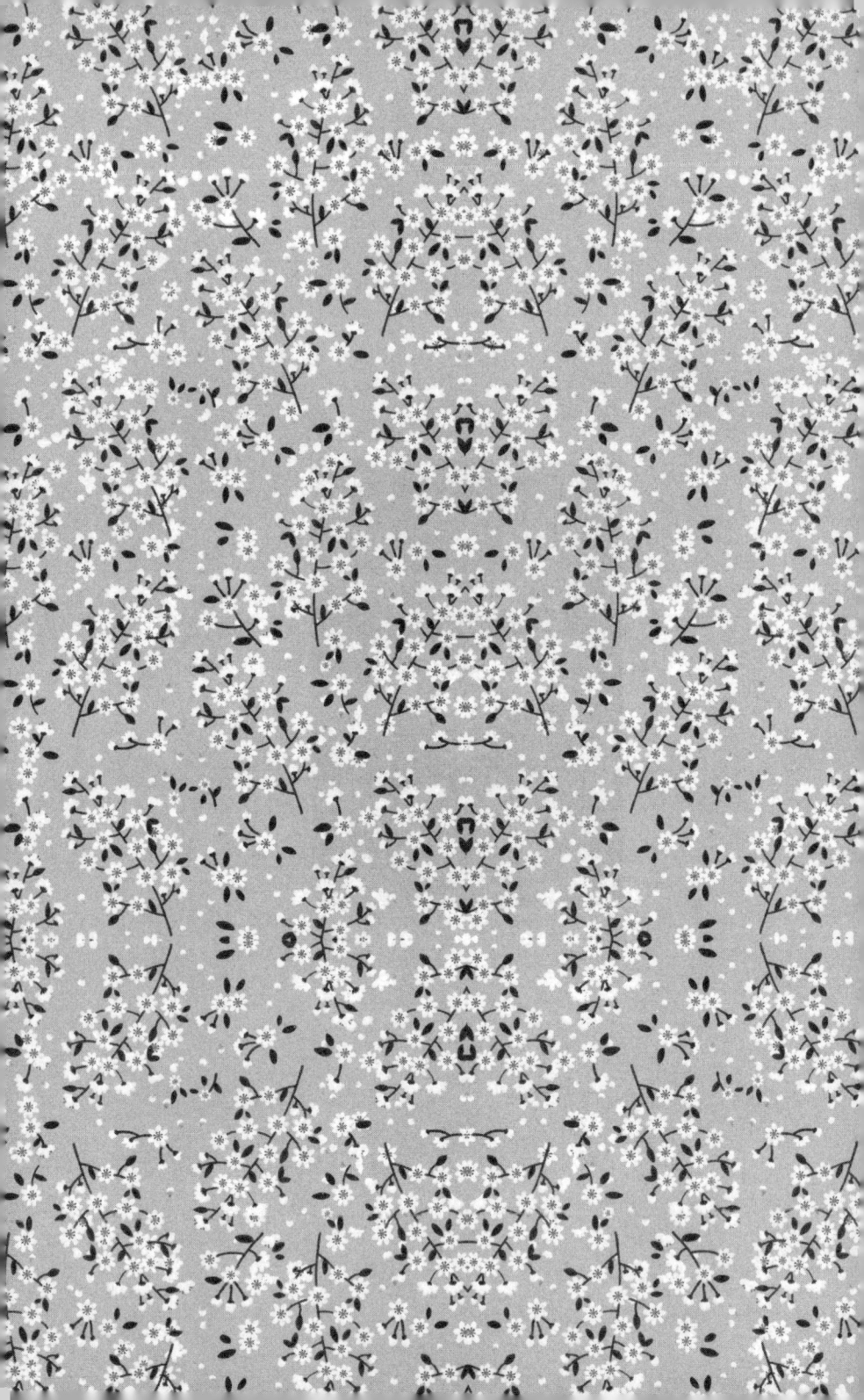

他和谁和谁

小花阅读【梦中追风】系列 02

惊蛰 著

有爱的青春陪伴者

贵州出版集团
贵州人民出版社

惊 蛰
Jing　Zhe

小花阅读签约作者

出生在"桃始华""仓庚鸣"的春季,
因恰逢惊蛰故而取名为此。
自幼喜读历史类书籍,
愿以古人为镜,正衣冠明得失知兴衰。
毕业于新闻出版专业。
愿意以文为职,一直写下去。

TAHE
SHUIHESHUI

目录

001/ 楔子 1 死亡调教

005/ 第一章 一生挚爱
原来在利益的面前，所有感情都离经叛道。

054/ 第二章 拜金天使
你都说了我是个奸商，商人是不会做亏本买卖的。

089/ 第三章 毛脸怪物
还是多笑笑好，本来就丑，苦着个脸更丑了。

118/ 第四章 危险头条
听说她的尸体被找到的时候，整张脸都烂了……

149/ 第五章 虚灵之物
只要人活着，就会有欲望，只要你走进我的店，我就能有一样满足你。

TAHE
SHUIHESHUI

目录

173/ 第六章 意乱情迷
谁告诉你我是男人了？是男神！

198/ 第七章 那个家伙
没等她反对，一个带着香草味的吻落在她嘴边。

218/ 第八章 抓鬼行动
她拥有着健康善良和与你的爱情，可是她舍不得你。

240 第九章 消失的他
我想买你的爱情。

262/ 番外 望春街琐事

281/ 后记 想你是一件很累的事

楔子1
死亡调教

这是一间很大的书房，足有五六十平方米。

番龙眼的实木地板泛着枣褐色的光，彰显出主人的贵气。

足有两米宽的乌木桌上斜铺着一整张紫貂皮……

墙上的麋鹿标本透露出一股生人勿近的气息。

吴陈恭缩在墙角，六月的天气她却冷得想要发抖！

欧式水晶灯折射出昏黄的光，细碎地洒在她丰腴修长的双腿上，一片斑驳。

昨天她还穿着香奈儿的套装站在半米高的红台上领取关爱濒危动物慈善大使的奖杯。

现在，却动都无法动弹。

双手被捆绑着背在身后，股绳在手臂上绕了两个圈，再沿着脊背向下最后从两腿间穿过，雪白的皮肤被勒出一圈圈血痕。颈带上甚至装饰了几颗闪闪发光的铆钉。

该死的！吴陈恭在心里骂了一百句！

不远处，那个男人穿着笔挺的西装站在背光处，静静地"看"着她。

吴陈恭看不清他的脸，仿佛从他们第一次交易开始，她从未看清过他的脸到底长什么样。

或许是她被内心的渴求蒙蔽了双眼，一心只想要达成自己的目的，从未真正看过他吧。

"上个月担任环球影视评委，这个月荣获关爱濒危动物慈善大使，吴小姐风头无二啊。"

"这……都……多亏了……你的帮助……"吴陈恭努力控制着面部神经，阻止着上下牙齿发出的磕碰声。

"呵，吴氏集团的庶出，让人刮目相看的感觉怎么样？很棒吧？"

吴陈恭紧紧咬着嘴唇，对，没错，她是庶出！她是小老婆的女儿！

有再多钱又怎样！

一辈子都被人看不起！

所以，她一定要出人头地！她要名望！要很多很多的名望！

要让所有曾经看不起她的人都对她刮目相看。

"一个月前我就跟你说过，在我这里买东西是要付出很昂贵的代价的。你买走了我的'名望',现在,该轮到我来跟你收费了……"

男子一步步走近,吴陈恭这才发现他脸上戴着一个黑色面具,格外诡异。

不知道什么时候,他的手上还多了一根正在燃烧的蜡烛,滚烫的蜡油滴在她光滑的脊背上,黑色的面具仿佛一张带笑的鬼脸,她再也忍不住了,恐惧到极点之时,发出一连串的尖叫!

她还没叫完,一颗红色的口塞球就被强硬地塞进了她的嘴里……

不知道过了多久……

背后的男人玩腻后,将吴陈恭的身体扳正,慢慢揭下面具……

虽然吴陈恭的嘴被塞住,双手被束缚在身后无法动弹,但她的瞳孔在一瞬间扩得巨大,大到眼珠都要脱眶而出!她看到了这辈子都没看过的最恐怖的景象!比阴曹地府任何一个扭曲的鬼怪还要恐怖!

一股巨大的恐惧从心底涌上喉头,然而她却连一声都叫不出来,只能从喉咙里发出一连串"呜呜呜"的呜咽声……

她后悔了吗?

她后悔了!

但已经来不及了……脱下面具的男子一口咬住她的鼻子,瞬间一块鲜血淋漓的肉掉了下来……

吴陈恭呜咽着抖成了筛子……

雪白的脸被血浸满,五官都扭曲在一起……

两个小时后，男子坐在乌木桌前用湿纸巾慢条斯理地将十根手指擦净。

过程中，他抬眼看了看墙上的麋鹿头，将沾满鲜血的湿纸巾丢在皮制的垃圾桶里。关爱濒危动物慈善大使？呵——

在水晶吊灯摇晃的光斑中，男子从容地起身离去，光晕下一条褐色的毛茸茸的尾巴拖在它的身后……

与此同时，城市西南方的苦海湖底，升起一股代表死亡的蓝色气泡……

第一章
一生挚爱

原来在利益的面前，所有感情都离经叛道。

1.

暖橘色的晨光顺着落地窗一格格攀爬，当光束爬到 H 大楼第 19 层的时候，礼堂七点的钟声刚刚好敲响。

袁姨推着清洁车扭开了吴陈恭专用办公室的门，按照顺序她应该从整理办公桌开始，先将散乱的文件和书籍摆放整齐，再用软布将乌木桌面的每一寸木纹都擦得发光；整理完办公桌后，接着就是擦拭墙上的油画框、书柜和酒柜；最后是地毯清洁，这一切都做完后，还要替换花瓶里昨日的香水百合，喷上空气清新剂。

袁姨已经在吴氏集团工作了十几个年头，这栋楼里的每一间办公室她都了如指掌。平日里清洁完吴总的房间至少需要三十分钟，但让袁姨没有想到的是,她今天的工作时间却连一分钟都不到。

因为她刚推开办公室的门就被眼前的景象吓得晕了过去。

早上八点十五分,苦海市这栋地标式的大楼已被围得水泄不通。

一个四十几岁,脸和脖子一样粗的男人扒开百叶窗往下望了一眼:"格老子的!这些记者的鼻子真是比狗还灵!"

"这个吴陈恭上个月才参加了环球影视节,是整个电影节唯一的亚洲评委,报道铺天盖地。一个名人突然死了,还死得这么蹊跷,记者们不疯狂才怪。"

听完这话,这个四十几岁的男人点了点头。

"这案子有点棘手,媒体都盯着,稍微有点处理不当就会造成负面影响。"前面说话那人继续道。

"那依你看,应该怎么搞?"

"还能怎么搞,交给宇文胄呗,专业技能第一,细心胆大,办事又周全。"蓝衣服的中年男子直起身子来,习惯性地推了下金丝眼镜,"炮局,难道……你还有更合适的人选?"

四十出头的男子咂了咂嘴:"屁人选!局里现在有几个能用的人,别人不知道,你张政委还不清楚!就宇文胄吧!命令他一个月内破案,破了就给他升大队,没破就轰死他!"

苦海市春晖路上，一辆黑白色警车被卡在路中间，车顶的红蓝灯"呜嗷呜嗷"地叫着。

童四月在车里一下伸头望，一下看表，急得头上出了一层汗。

斐小婕偷偷看了一眼后视镜，发现司机并没有往后看，迅速把手伸进内衣里左右各掏了一下："终于舒服了，刚刚跟着你一路跑，胸都跳出来一半，勒死我了！"

童四月狠狠地瞪了她一眼："你还好意思说！去个案发现场化什么妆，要不是多等了你十五分钟，现在能堵车吗？"

斐小婕翻了翻白眼，无所谓地说："大姐人都死了好不好！你早去十五分钟和晚去十五分钟有什么区别，不化妆我会死的！到时候你替我收尸啊，哈哈哈……"

"收你个头！再堵下去，我工作都保不住了！下车！"

二十分钟后，和斐小婕挤在一辆摩的上被吹得发型凌乱的童四月，终于顶着孔雀开屏的发型赶到了案发现场——H大楼。

刚推开吴陈恭办公室的门，一股浓烈的腥臭气就扑面而来，斐小婕的胃在一瞬间翻江倒海，她赶紧用袖子捂住口鼻，生怕自己吐出来。

再走近些，眼前的景象，让早已习以为常的童四月也目瞪口呆。

一个衣着精致的女人被五花大绑，以一种半跪半靠的姿势瘫在办公桌的后面，血水顺着她的脸流满了全身，染红了一大片地毯，原本雪白的皮肤也被股绳勒成了紫红色,更可怕的是她的脸……或者说已经不能叫脸了……被人硬生生撕掉了一半,鼻子也像被削掉一样,只剩下一个空空的黑洞。

斐小婕再也忍不住,"哇"的一声吐了出来。

正在跟法医了解情况的宇文胄听到声音回过头来,皱了皱眉:"童四月,记者都来得比你早,你怎么不干脆吃个饭再来?"

斐小婕吐得昏天暗地,胃抽得根本停不下来,但仍不忘拉着宇文胄的休闲西装艰难地说:"吃了,但现在……白吃了……"

看见斐小婕,宇文胄眉头皱得更紧了:"你怎么又带她来了?"

"宇哥,不怪她,是我非要跟来的……我最近遇到了创作瓶颈……想跟过来找点素材。"

宇文胄从休闲西装的上衣口袋里摸出一包纸巾:"我们这是办案,又不是作文培训班。"

"我是画画……不是写作文……"斐小婕还想继续抗议,却被童四月拖到身后。

"我想着,小婕经常画一些悬疑破案的漫画,也是帮我们局做宣传。炮局不也说了嘛,要会破案也要会跟群众打成一片,我们平时的形象太严肃了,群众看到我们有压力,小婕把我们画成漫画,就像那些什么蜘蛛侠啊蝙蝠侠一样,这样人民群众喜欢,对我们的印象好才愿意配合我们的工作，我们破案才会事半功倍。"

斐小婕嘴上在吐耳朵却支得很高，听到童四月振振有词的一大段，心中暗想，可以啊童四月，瞎话编得一套一套的。

童四月抬头，眼神正好跟宇文胄对上，心虚得赶紧低了下来。

"行了，过来看看被害人吧，看看有什么线索没有。"

受害人叫吴陈恭，三十五岁，吴氏集团的执行副总裁，也是创始人吴千帆的私生女。八年前，吴千帆把她带了回来，不顾众人的反对让她进入吴氏。事实证明，吴千帆的眼光很好，吴陈恭进入吴氏集团后，收购了几个电子商务方面的小公司，这几年实体经济受到打压，吴氏集团的主营项目都下滑得厉害，唯有吴陈恭收购的这几个子公司发展迅猛，去年还成功帮吴氏缓解了现金流的危机。

可以说吴陈恭在经商和管理上是有些能力的。

吴千帆也看出来了，这两年都有意培养吴陈恭，想把吴氏集团交给她去打理，但这个想法遭到了大儿子吴自怡和二女儿吴自悦的强烈反对。

有传闻说，吴千帆这么看重这个私生女，除了吴陈恭确实有些能力外，更重要的原因是吴千帆跟她有不可告人的秘密。

也有传闻说吴千帆马上要退休了，吴自怡怕股权落入吴陈恭的手里，所以抢先一步买通了杀手，杀死了她。

还有一些说法是，吴陈恭担任执行副总裁时，大刀阔斧地改革，得罪了很多躺在功劳本上的吴氏元老，这些元老合起伙来找了个高人诅咒她……

"越说越离谱了。"宇文胄蹲下来用手摸了摸地毯上的血迹，"目前进展怎么样？"

警员温晓光点了点头："死者的人际关系网很复杂，有些棘手。"

"法医怎么说？"

"肝温下降一度，尸斑和血液集中在大腿下侧，尸体没有被挪动过，这里就是第一案发现场。死亡时间是今天深夜一点，身上无明显的伤痕，死前曾遭性侵，死亡原因是因为巨大的惊吓导致心脏骤停……"

斐小婕咂舌："活活被吓死的？"

"可以这么说，脸上的伤痕很奇怪，既不是刀伤也不是擦碰，像是被什么生生咬下来的。"

斐小婕竖起大拇指："牙口真好！"

童四月瞪了斐小婕一眼："少接话，没人把你当哑巴！"

斐小婕叹了口气，她这个闺蜜什么都好，就是一干起活来，就扑克牌上身，要多严肃有多严肃。要不是为了漫画素材，她才不来，现场臭得要死不说，还被一群人凶，简直是找虐！

在斐小婕叹气的空当，童四月已经走到了尸体旁，她的身体形成了一个天然的屏障，阻挡住了其他的人视线，趁着没人注意童四月将手放在死者的眼睛上。

在童四月的手接触到尸体眼皮的一瞬间，一股带着刺痛的热流顺着指尖直冲头顶，就像周身过电般，童四月闭上眼睛，无数夹杂着惊叫和尖笑的碎片画面出现在脑海中——

拼命晃动的桌角、修长双腿、男子粗喘的呼吸、绳索和斑斑的血迹、黑色西装背影……

童四月紧闭着眼睛还想再"看到"些什么，突然身后传来宇文胄铁皮一样的声音："晓光，整理下现场的证物，提取死者指甲里的纤维和体内的精液，包括捆绑死者的绳子，全部都要带回去。陈旭，你调查一下死者生前的人际网，越详细越好。童四月……"

童四月内心一叹，表面上却仍是不动声色。

"又在帮受害人闭眼？"

"嗯。"童四月用手在受害者的脸上拂了一下，圆睁着血红双眼的吴陈恭的眼皮顺着她的动作，听话地闭了下来，就像睡着了一样，"不想他们死不瞑目。"

宇文胄看着地上那张血肉模糊的脸，像是感叹又像是在自言自语："听说人的眼睛里会留下她死前所看见的最后的影像，虽然没有科学根据，但很多凶手还是会在犯案后挖掉被害者的双眼，以防这双眼睛记下了他们的样子，没有眼睛的尸体见过不少，被撕掉半边脸的还是第一次见……"

明明窗户都是紧闭着的，却不知哪里吹来了一阵阴风，在场的人忍不住打了一个寒战。

宇文胄拍了拍手："哦对了，别忘了把这栋楼的这个月的监控都调出来……"

惨了，童四月内心哀号了一声，又要看监控看到吐了……

2.

这个城市的西南边坐落着一个巨大的咸水湖泊——苦海湖，这个城市也因此而得名苦海市。

苦海市的地理位置，其实不太有条件能形成咸水湖，所以对于这个凭空出现的大湖，苦海市的男女老少们都努力展开了自己丰富的想象力。年轻人说这个湖是冰川时期留下的痕迹，老年人说这个湖是南海观音路过时打翻了净瓶，净瓶里的甘露水化成了苦海。

无论形成原因是什么，苦海湖的存在都已是不可更改的事实。如今苦海市算半个旅游城市，全市大半的经济都是由围绕着这片湖的旅游业所带动，以至于上到政府下到百姓都对这个湖充满了敬畏之心。

今天天气很差，大风席卷着豆大的雨珠，天空被乌云压成了死黑色。

平日里沙滩上满满嬉戏的人群早已散去，空留几艘细小的渔船在湖面上漂泊。

岸边，一个妙龄少女举着一把黑色的小伞，在跟船家讨价还价。

从背影看，少女身材修长，腿白腰细，一条掐腰的黑色短裙衬得她像一只修长的黑天鹅。

船家的表情非常为难，风大雨大，他们都收拾东西准备打烊了，这位客人却说想要"出海"潜水。

苦海市的潜水是很有名，但谁会在这样的天气"出海"呢？风浪搅得湖里的泥沙一片混沌，什么也看不到啊。

但少女却非常坚持，并出手阔绰。

船家最后咬咬牙，像是下了很大的决心，朝着少女挥挥手，交易就这样达成了。

苦海湖底，荒安君坐在一把紫金檀木镶汉白玉的太师椅上，闭着眼睛，水墨折扇一下一下地扇着。

不知道从什么时候开始，苦海湖的湖底生出了一家奇怪的店铺，深蓝色的水藻像是有意识般自觉地空出一片洁净之地，在那片洁净之地的中心，一个透明的店铺悠然伫立，自然得像是生长在苦海湖底的一滴泪。

随着手里折扇的节奏，荒安君一边嘴角微微翘起，露出似有若无的笑意。三、二、一，当他数到一的时候，房檐下紫金铜铃刚好发出清脆的铃音——有客上门。

少女收起黑色的雨伞，露出及膝的短裙和姣好的面容。

"水甩干净再进来，我讨厌咸水的腥臭味。"

少女听话的按照他的要求一一做好，才慢慢推开雕花木门。这间传说中镶满绿松、玳瑁用梨花木建成的湖底之铺，散发出一股腐朽的贵族气息。

这个……穿着紫色长袍的男子就是店主吧，真没想到竟然这么好看，虽然脸上玩味的表情很是讨厌，但那张脸真是比女人的还要精致呢。

如果他进娱乐圈，不知道多少少女要被迷死。

黑裙少女暗暗想着，小心翼翼走到紫衣男子身边，连呼吸都努力控制着，生怕一个不小心惹火这个看起来脾气不太好的店主。

说来也是奇怪，明明是湖底，这个店铺的空气却比任何地方都要清新，奇怪的透明材料隔绝了湖水，甚至能感觉到微微的清风，是很高级的新风系统吧？少女想着，偷偷打量了几眼，这里的一切都是这么特别，死亡的黑暗木雕搭配着墨绿色的翡翠新枝，从未见过的红色花簇妖娆地开在角落，散发出一股葡萄酒般的暗香。

"说吧，你想买什么？"

"你，这里什么都有吗？"

"什么都有？开什么玩笑，你以为我这里是百货公司？要不要给你来个 LV，还是一碗松茸鸡汤？"

"我……我……我不是这个意思……"黑裙少女紧张地连声音都有些颤抖"先生你别误会……我听说你这里可以买到别的地方买不到的东

西……"

原本闭着的眼睛睁开了一条好看的细缝,斜靠在太师椅上的荒安君,打量了一下面前的少女。

"声望、财富、善良、美貌、机遇、健康、爱,每样都只有一个,卖完就不会再补,而且我卖的东西很贵。"

黑裙少女哆哆嗦嗦地从贴身口袋里拿出一张黑金色的卡。

"这里有五千万,如果不够的话我会再去凑。"

太师椅上的老狐狸,抬起一只手,勾了勾手指头。少女按指示走过去,递上黑金卡。

白玉一般修长的手指夹着薄薄的卡,灵活地转了个圈,黑金色的卡就消失不见了:"勉勉强强,说吧,你想要什么?"。

"我要'美貌'!"

"你觉得自己很丑?"

少女并没有直面回答问题,而是咬着牙一字一顿地说:"我要的不是普通的美貌,我要的是可以惊艳整个娱乐圈,可以让人过目不忘,可以让我拿回一切的美貌!"

狐狸一样细长又妖娆的眼睛上下打量了她一番,荒安君道:"我可以给你惊艳天下人的美貌,也可以让你凭美貌拿回一切,可在我这里买东西,不仅仅是付出一点金钱这么简单。"

"我什么都愿意给你。"少女的眼神异样决绝,她死死咬着下唇,娇嫩的唇仿佛要被咬出血来。

"值得吗？"

黑衣少女转过身去，拉开黑色连衣裙后面的拉链，白瓷一样的肌肤裸露在荒安君面前，皮肤光洁细腻，修长的脖颈下两片蝴蝶骨呼之欲出，除此之外，她的背上还有一对巨大的黑色翅膀。

准确地说，是一对黑色的翅膀样刺青。

"我叫乔菲菲，他们都叫我 Angel。我十四岁出道，如今已经在娱乐圈打拼了十年。为了拍戏我曾经摔断过三根肋骨，还被钢筋从背部插进肺里，后来为了掩盖背部的伤疤就请文身师为我文了这对黑色的翅膀，这对翅膀就是我的标志，我有数以千万的粉丝，无数少女追逐模仿我的样子！我最红的时候开巡回演唱会，十万人场次的票三分钟就卖完了。魔都的国贸大厦，四面广告有三面是我的代言，各大品牌都求着我穿他们的衣服，因为无论我穿什么，别说正品一物难求，就连仿版都卖断货呢……"

太师椅上的男人，用一根白玉锉子轻轻摩擦手指，终于十个指甲都被他打磨得柔滑光亮，他才慢悠悠地开口："小姐，我没有空听你的成功史，我只想知道你凭什么买我的"美貌"？

"凭我要拿回属于我的一切！"

"哦？"

"做我们这种职业的，最怕的就是大众化，我们拼命让自己特立独行，就是想要跟其他人不一样。可是今年的时候，公司居然新签了一个艺人，长得跟我有八九分相似，擅长的才艺也跟我一样。最最让我不能忍的是，她的背上有一块天生的翅膀形的胎记。我什么都跟她一样，却又什么都比她差一点，不如她年轻、不如她貌美，就连我最珍爱的翅膀标志在她的出现后都变成了一个笑话！

"现如今，我的代言都被她抢了，原本安排给我的剧本，女主角也都换成了她，我才二十四岁就已经过气了……"

"你考虑清楚了？"

乔菲菲狠狠地点了点头："我考虑清楚了。"

"不仅仅是一点钱，我还要你付出其他的代价。"

"无论什么，我都愿意！"

太师椅上的男人笑了："不急，等日后我自然会去拿……"

3.

回警局的路上，宇文胄亲自开车，斐小婕和童四月坐后面咬耳朵。

突然前面一辆大货车逆行抄道，宇文胄一个急转，没有系安全带的斐小婕和童四月被甩得挤到一起，童四月的头啪的一下撞到玻璃上。

听到声响宇文胄迅速停下车来，下车绕到后排，抓着童四月的头左看看右看看："对不起对不起，是我太不小心转太急了。"

童四月的头只是轻轻磕了一下并无大碍，但被宇文胄这么捧着近距离地看，整个人脸红到不行。幸好斐小婕在旁边哇啦哇啦大喊"胄哥你好偏心啊，我的脚也撞到了，你怎么不问问我"吸引了宇文胄的注意力。

宇文胄笑了一下，健康的麦色皮肤配上一口整齐的小白牙，阳光又健康。他扭头过来给了斐小婕一个摸头杀。

"听你说话中气那么足就知道你没事啦，好了好了，等会儿到警局我请你们喝奶茶给你们压惊！"

"一言为定！我要红豆加双冰！"斐小婕大呼。

"行！"

"胄哥万岁！胄哥不办案的时候最好了！"

"哦。"宇文胄直直盯着斐小婕，"办案的时候就不好了吗？"

"办案的时候，你和童四月一个样，脸臭得要死，简直是扑克牌上的 King 和 Queen！"

"这么说，我跟四月还挺配的咯。"

……

这句有意无意的玩笑撩得童四月面红耳赤，接话也不是，不接也不是，只好低头默念：没听见没听见没听见……

警局二楼的西餐厅里，斐小婕"大开杀戒"，特级 T 骨牛排两块、法式鹅肝可颂一块、焦糖乳酪布丁、三文鱼酸汁沙拉、意式焗蜗牛，最后又点了一杯英式红豆奶茶。

童四月悄悄扯她衣角:"你是猪啊!吃这么多!"

斐小婕抗议:"我吐了半个小时好不好!现在饿扁了!"

正说着宇文胄走了过来。

"点完了吗?"

斐小婕把菜单往宇文胄手里一塞,笑嘻嘻地往外走:"我点完啦,你跟四月点吧,我去方便一下。"

宇文胄很绅士地把菜单递给童四月:"你先点。"

童四月摆摆手:"不用了,来个肉酱意面就行。"

服务员看了下手上的点菜器,抱歉地说:"对不起,今天的肉酱意面卖完了,剩下的几份都是套餐里的,要不你们点一份情侣A餐?里面有意面、牛排、蘑菇汤、甜品,相比单点还能优惠二十八元。"

童四月尴尬不已,刚想解释说他们不是情侣,宇文胄却笑眯眯地合上菜单:"就这个套餐吧,正好我也懒得选了。"

餐还没来,服务员也不在边上,斐小婕又去了WC,一时间世界仿佛只剩下童四月和宇文胄。

童四月一边默念小婕快回来,一边低头玩桌上的餐巾。

宇文胄倒是很自然,边喝水边主动聊天:"四月,这起案子你怎么看?"

说到跟自己专业有关的事,童四月就立刻打起了精神:"门窗没有破损，死者身上也没有打斗的痕迹，多半是熟人作案。财物没有丢失，死者生前又遭到性侵，情杀的可能性很大，应该先从死者生前的人际关系网入手。"

宇文胄点点头，打开随身携带的iPad，晓光已经共享了一些信息："据我们现有的资料，跟吴陈恭关系亲密的男人一共有四个——一个是吴氏集团的创始人吴千帆，也就是吴陈恭的亲爹；一个是吴陈恭的司机叫谷卿；另一个是她现在的男友林逸凡，他是个平面模特，俗称小鲜肉。"

"还有一个呢？"

"还有一个我觉得可能性比较小，是吴陈恭部门的一个实习生，据说他很崇拜吴陈恭，努力进吴氏也是为了她，但他职位很低，吴陈恭跟他没有什么直接的接触。"

"这个实习生叫什么？"

"蓝玉。"

"蓝田日暖玉生烟？"

"对，他名字很特别，所以我看资料的时候一下就记住了。"

"蓝……玉……蓝……"童四月在心里嘀咕，总觉得这个名字耳熟，但又想不起在哪儿听过。

她正想着，上了二十分钟厕所的斐小婕终于一瘸一拐地回来了，蹲太久，腿麻得像有一万只蚂蚁在啃噬，每走一步都痛得龇牙咧嘴，宇文胄见状赶紧起身去扶，却被斐小婕摆摆手支开，与此同时他们点的餐也到了。

童四月顺着噼里啪啦的声音抬头一看，顿时想死的心都有。

四个服务员排成一个纵队，每人手里托着一个托盘，托盘上盖着一个圆形的盖子，盖子的旁边还燃着一根烟花，噼里啪啦的声音就是从这儿传来的。

服务员在斐小婕不可思议的眼神中依次将餐上齐，意面被摆盘成心形，咖啡上用奶油写着LOVE，餐布上还洒了几片花瓣！

斐小婕尖叫一声："你们……背着我……你……你们什么时候开始的啊？"

"没有……小婕不是你想的那样！"童四月尴尬得满脸通红。

宇文胄也有点局促想要解释，就听到斐小婕又问了一句。

"我想的哪样？"

"这是个误会，你听我解释。"童四月无奈道。

"我不听，我不听……我……等等！"斐小婕滴溜溜地看了看童四月，又看了看摊手的宇文胄，"我怎么觉得我们的对白这么像言情剧里的捉奸现场。在一起就在一起呗，这么紧张做什么，男未婚女未嫁、孤男寡女、干柴烈火、两情相悦……"

宇文胄欲言又止。

童四月一把捂住斐小婕的嘴:"好了,求你不要再说了。"

宇文胄苦笑着摇了摇头,切了块牛排给童四月,又分了一块面包给斐小婕:"先吃东西吧,沙拉我帮你们拌好了,吃完再斗嘴。"

下午部分证物和尸检的检验报告已经出来了,证实了法医的推断。吴陈恭的死亡时间是深夜一点,死亡原因是心脏骤停。

吴陈恭的亲属也来到了警局,分别是:吴陈恭的生母陈林枫、吴陈恭同父异母的哥哥吴自怡和姐姐吴自悦。

宇文胄看了下资料说:"他们家也是省事,吴陈恭的生父姓吴、生母姓陈,她就叫吴陈恭。而她外公姓陈,她外婆姓林,她母亲就叫陈林枫。"

"照这么说……你们俩日后有了小孩,岂不是要叫浴桶(宇童)或者奏乐(胄月)?哈哈哈哈哈……"斐小婕乐不可支。

童四月瞪了她一眼。

斐小婕吓得赶紧用双手捂住嘴:"我错了,从现在开始我是哑巴,只看只听,不说话!"

透过单向透视玻璃,童四月看到里面的三个人——吴自怡和吴自悦并排坐着,吴自怡的脚一下一下地在地上轻点,显得非常焦躁;另一边,陈林枫坐在一张单独的沙发上,泣不成声。

童四月用手轻轻地指了指:"你有没有注意到,刚刚吴自怡递了一张纸给陈林枫。"

宇文胄摇头:"这有什么奇怪的,她女儿死了,哭成这样,一般人都会递张纸吧。"

童四月接着说:"问题就是,吴自怡并不是一般人,他是个很自私的人。他进警局的时候福伯正在拖地,他明明可以在脚垫上多踩两下,却毫无顾忌地从没有干透的地上走过,留下了一行脚印。走到电梯的时候,他手上的烟刚好抽完,他却没有按灭,而是直接扔进了垃圾箱。这是一个很不负责任的行为,未熄灭的烟头很容易在垃圾箱内引起燃烧,就算侥幸没有引发燃烧,烟头也很容易把垃圾袋烫穿,所以一般垃圾箱上面都会有一个装着沙子专门用来熄灭烟头的区域,一个老烟枪不至于连这点常识都没有。"

宇文胄问:"你的意思是,吴自怡跟陈林枫的关系不简单?"

童四月点头:"嗯,我也只是猜测。像吴自怡这么自私的人,根本不会关心别人的死活,怎么可能会递纸给陈林枫?就算他心血来潮也应该是大大方方,可我观察到他是趁着他姐姐吴自悦低头看手机的时候偷偷递过去的,他们双方还交换了一个眼神。"

审讯室里,吴自怡侧靠在木椅上,一副事不关己的样子。

宇文胄早有对付他的方法,问:"案发的时候,你人在哪里?"

吴自怡："在家啊，Sir，我昨天晚上九点钟就睡了，深夜一点的时候应该已经进入深度睡眠了吧。"明明是土生土长的苦海市人却装出一副港台腔。

　　宇文胄眼皮都没抬一下："哦，这么早就睡了？据我所知你平时喜欢去夜店玩，玩通宵是常事，是出了名的夜店咖，就算你昨天没有去夜店也不至于这么早就睡吧？"

　　"我……"吴自怡换了一只脚跷二郎腿，"凌晨四点有场球赛，所以我早点睡，想到时候有精神看。"

　　宇文胄："我平时没事也爱看看球赛，你昨天看的是什么队？"

　　吴自怡："曼联对利物浦。"

　　宇文胄："双红会啊，那比分是多少你还记得吗？"

　　吴自怡松了一下领带："神经病啊！比赛都打完了，谁还记得！"

　　宇文胄："好可惜啊，那么精彩的乌龙球你都忘记了？"

　　吴自怡眼神里闪过一丝慌乱，但他很快又镇定下来："你问这些有意义吗？难道你怀疑我杀了吴陈恭？我怎么会杀她？！"

　　宇文胄用笔轻轻敲了敲桌子："吴先生，提醒你一下录假口供是会被判做伪证的。"

　　吴自怡"啪"的一下站了起来："你少恐吓我！我哪句话是假的！你有什么证据？"

　　宇文胄嘴角露出一丝不易察觉的微笑："吴先生不要激动，手机带了吗？介意给我看看吗？凌晨四点起来看球赛，不会手机里连个闹钟都没有调吧？"

听闻此言，吴自怡脸一瞬间变得惨白，支支吾吾地说："当……当然调了……但我刚刚在来的路上删了。"

宇文胄点头："哦，是吗？自己的妹妹昨晚死于非命，吴先生一大早知道这个消息还记得要清理手机内存，吴先生心好大啊！吴先生不愿意给我看手机没关系，我手机里有几张案发现场的照片，吴先生要不要看一下？"

吴自怡接过手机，快速翻了几张照片，就嫌恶地将脸扭向一边。

审讯室外，童四月透过单向透视玻璃认真地观察和记录。

斐小婕噘着嘴巴说："昨天的比赛哪有什么乌龙球啊，我查了半天明明是曼联一个中场长传头球破门的，比赛结果就一比零，宇哥肯定记错了。"

童四月："宇文胄没记错，他是在确认吴自怡是不是撒谎，吴自怡的话前后矛盾漏洞百出，很显然吴自怡昨天的不在场证明是假的。"

斐小婕惊讶地张大了嘴巴："难道吴自怡就是凶手？"

童四月摇摇头："现在下定论还太早了，虽然他的不在场证明是假的，但你有没有发现，当宇文胄问他昨晚在哪儿、在做什么的时候，他摸了好几次领带。人在撒谎的时候体温会上升，心跳加快，血液会集中在脖子那一块,所以他觉得脖子痒会自然地想要松一松领带。但当宇文胄掏出吴陈恭的照片,话题转移到案件这一块时,他反而松了口气,所以我猜吴陈恭不是他杀的,但他肯定隐瞒了些什么。"

相比吴自怡的漏洞百出,吴自悦显得自信很多。

她穿着当季新款的 D&G 窄裙,一双红底鞋妖娆而张扬。白皙而修长的指尖夹着一个银色拉丝的 zippo,习惯性地在小指到食指间旋转着。

"我可以……"吴自悦看着宇文胄眼波流转,"可以抽烟吗?"

吴自悦问得很缠绵,宇文胄却答得很干脆:"不可以。"

吴自悦撒娇似的撇撇嘴:"没意思,要问什么就快问吧,刚刚新世界的柜姐给我打电话,我要的那款鞋到了,我等会儿还要去拿鞋呢。"

宇文胄:"吴小姐似乎心情不错啊,妹妹被人杀了,还有心情逛街?"

听到宇文胄的话,吴自悦冷笑了一声:"妹妹?除了一些必要场合,我私下见她的次数还没有见你这位帅气警官的次数多。"

宇文胄:"我们好像才第一次见面吧?"

吴自悦发出一连串夸张的笑声,伸出保养得极好的手,大拇指抵住食指在宇文胄眼前晃了一下:"对啊,所以我跟她私下见面的次数是零啊!哈哈哈,没想到吧!一个这辈子都没见过几次的人死了有什么好伤心的?况且,她死了正好,少一个人跟我分吴氏的股份!"

"哦,那你觉得你哥会不会也这么想?"宇文胄看着吴自悦。

"你想引导我说,我哥为了吴氏的股份找人杀了她?劝你少演这种挑拨离间的戏码,我吴自悦不吃这套!"

"那这个呢?"宇文胄晃了晃手中的证物袋——一枚白色烟头。

"这是你最喜欢抽的香烟,我们在案发现场发现的,烟嘴上应该会有你的唾液,验一验就能确定。你争强好胜,从小到大什么都要跟她抢,她有什么你就抢什么。最近还听说你抢了吴陈恭的男朋友,导致他们分手。你自信从未输过,这一次吴千帆却有意立遗嘱将吴氏交给吴陈恭去打理,你接受不了,找人杀了她,从犯罪动机来说,你比你哥还大啊。"

"你没有证据不要乱说!"一瞬间,吴自悦脸色变得惨白。

审讯室外,童四月在认真地做记录,斐小婕的嘴巴却噘到了天上。

斐小婕冷笑:"问个话动作幅度那么大!领口那么低!分明是在勾引人民警察!"

童四月边记录边说:"人家也很有勾引的资本啊,脸长得好看,身材也好,这一身行头估计要好几万吧。"

斐小婕翻了个天大的白眼:"说你是男人你还不信!几万?光她手上那个卡地亚的镯子就十几万了好吗,还别说那块百达翡丽的表。"

童四月惊叹着努力看了看监视屏,又看了看斐小婕:"你这观察力也太强了吧!这么远也能看清表的牌子,干脆你来我们局工作好了。"

斐小婕吐了吐舌头:"嘿嘿,我的观察力仅限奢侈品!看犯人还是你童 Sir 强！"

"童 Sir 又做了什么呀，你这么夸她？"

见宇文胄朝这边走过来，斐小婕和童四月都收起了玩笑脸。

童四月说："怎么你就回来了，不是还要问死者的母亲陈林枫吗？"

宇文胄把档案放到桌上："问不了，她一直哭，非常不冷静。"

斐小婕点头："看来她真的很伤心。"

宇文胄冷笑一下："不见得。"

斐小婕惊讶："哭得这么厉害不是伤心是什么？"

宇文胄说："吴陈恭明显是被人奸杀或者说是虐杀，这么残忍的杀害方式，做母亲的应该对凶手恨之入骨，恨不得能多提供点信息早点将凶手绳之以法才是，但这个陈林枫非常奇怪，我不说话的时候她只是抽泣，我一开口她就号啕大哭导致我根本没有办法问。"

童四月问："那吴自悦呢？"

宇文胄回答："她有不在场证据。"

斐小婕伸了个懒腰："问来问去我光看着都要累死了，不是奸杀吗，把那几个男人抓来验一遍不就行了吗？！搞这么麻烦干吗？"

"验什么？"

斐小婕想说验精，又觉得这个词不雅，哼哼唧唧地说："就是……

那个……"

三个人正说着，吴自怡、吴自悦和陈林枫做完了笔录，被警员温晓光送了出来，几人正准备离开，宇文胄突然站了起来："晓光，你替他们量了身高体重没有？"

温晓光有点纳闷："没有。"

"这么重要的事都忘了，快带吴先生、吴小姐，还有吴太太回去补录。这点事都做不好，算了，你别去了，我亲自带他们去。"

说完宇文胄就一脸愠怒地把吴自怡、吴自悦和陈林枫又请进里间，留下温晓光、斐小婕、童四月三人面面相觑。

斐小婕疑惑："现在录笔录还要量身高体重？"

童四月摇头："没听说啊，也许……是什么新规定？"

这个周末，苦海市最大的影院外人头攒动，拥挤的人潮从下午五点就开始排队，现在已经是晚上十点了，人群却不减反增，吵吵嚷嚷着塞满了整条望春街。

今晚这家影院将举行《拜金天使》电影首映式，首映结束后，电影的主创人员还会亲自出来谢幕。为了一睹偶像的风采，粉丝们排再久队也甘愿。

这部电影的女主角晴伊伊是新晋最炙手可热的小花，排队的人中百分之八十都是冲着她来的，他们挤在人群中举着"伊生伊世"的灯牌，穿着整齐划一的晴天蓝粉丝服，漫天蓝色的气球刺得乔菲菲眼睛生痛。

没错，晴伊伊就是那个跟她撞型还不知分寸的新人。

这部电影原本是为她乔菲菲量身定做的，连电影名字《拜金天使》都是在暗示她的英文名 Angel，然而就在电影拍到一半的时候，投资商却突然要求晴伊伊来演女主角，生生把乔菲菲的戏份从女一改成了四号女配。

苦海市影院的后台，乔菲菲坐在 3 号化妆间里准备，突然化妆师手一抖，眼线笔直直地戳到眼睛，痛得乔菲菲一声尖叫，化妆师也吓了一跳，连忙道歉："对不起对不起，这个化妆间的灯太暗了，我不是故意的，菲菲姐对不起，我马上就帮您擦干净。"

要是往常碰到这个情况，脾气火暴的乔菲菲绝对会骂她个狗血喷头，但今天不知道为什么，乔菲菲却懒得计较了，摆摆手意思算了。

化妆师是个入行三年的小姑娘，早对乔菲菲的脾气有所耳闻，打起十二分精神还犯了这样的错，心里吓得要死，却看乔菲菲没有骂她的意思，感激得一个劲地说好话："菲菲姐您今天真漂亮！皮肤特别好！菲菲姐您的睫毛根本不用夹就很翘了呢，好羡慕哦！"

乔菲菲被她夸得浑身舒爽，嘴角都漾起了笑意，但这笑容只停留了一秒。下一秒钟，她就看到隔壁明亮宽敞的 1 号化妆间里晴伊伊挑衅的对视。

比她所在的 3 号化妆间大了一倍，造型团队的配置也更加强大，她的眼睛被刺痛了。

4.
苦海市警局的多功能会议室里，助理关上了灯，打开幻灯片。

案发到现在已经十四个小时了，宇文胄站在会议室的最前面，将现有的资料做了一番梳理。

"被害人吴陈恭，三十五岁，吴氏集团的执行副总裁，死亡时间是深夜一点，死亡原因是心脏骤停……被害时，门窗完整，无明显打斗痕迹，查看案发现场外走廊的监视录像，发现了被害人在被害当日凌晨时与一名男子同行的画面。根据监控显示，男子中等身材，身高在一米六八到一米七五之间，头戴藏青色鸭舌帽，无法看清五官，两人进入被害人的办公室后就消失在监视画面中。经过反复查看，确认未在监控录像中发现男子走出办公室。"

斐小婕问："凶手凭空消失了？"

"嘘——"童四月紧张地对斐小婕做了一个闭嘴的动作，小声说，"认真听，不要说话。"

"根据资料基本可以认定为熟人作案。调查被害人关系网——与害人关系亲密的男性主要有四名：被害人的父亲吴千帆，案发之时在国外出差，无作案时间；被害人现男友林逸凡，一米八二的身高条件不符合也可以排除；被害人的司机，案发当日一直等在H楼下面，当然这是他自己的说辞，实际既没有不在场证据，也没有不在场时间；另外，案发当日和吴陈恭同一层办公的新人蓝玉，因为第二天开会要制作PPT，忘带U盘的他曾经在九点的时候回了一趟公司。

"据吴氏集团的员工反映，蓝玉非常崇拜吴陈恭，曾经偷拍过她，被吴陈恭发现后当着同事的面将蓝玉新买的手机丢进了厕所。从那以后蓝玉表面上老实了很多，但私下仍然偷偷收集吴陈恭用过的笔和纸，甚至将偷拍的照片设为手机壁纸。

"除此之外，吴陈恭同父异母的哥哥吴自怡、姐姐吴自悦，一直担心吴千帆会将吴氏执行总裁的位置交给吴陈恭，曾经联手在股东大会上排挤吴陈恭。吴陈恭死后，在警局录笔录时，吴自怡偷偷递给了死者母亲陈林枫一张纸巾。纸巾上写着普利会所，而普利会所就是吴陈恭死亡当晚，陈林枫所说的她当时所在的地址。很显然，这是吴自怡在帮陈林枫伪造不在场证据。

"陈林枫本人不可能是凶手，但她为什么还需要制造不在场证明呢？吴自怡跟陈林枫表面上并无交集，可他为什么要帮她？这一切跟吴陈恭的死有没有关联，都需要再去查证。

"另外，还有一个疑点，吴陈恭是个很有能力很有手段的人，在商场上无所不用其极，这几年为吴氏创造了不少财富，却一直因为私生女的身份被吴氏兄妹和其他股东诟病,也就是说她虽然赚了很多钱却依然没有受到应有的尊重。而奇怪的是,在案发前一个月的时间,在艺术上并无建树的吴陈恭,突然受邀参加了环球影视节并担任评委,后又得到了好几个慈善方面的大奖,媒体更是疯了一样写报道吹捧她,一时间,吴氏各个阶层的人都对她刮目相看。"

宇文胄站在会议室前,拿着激光笔,洋洋洒洒地分析了半个小时。这半个小时童四月一直在认真地做笔记。直到宇文胄停顿住低头咳嗽时,她才注意到,这个男人做事总是这么拼,一有案子觉也不睡,分析起来水也不喝。难怪小婕说他不办案子的时候还好,一办案子就变成扑克牌。

童四月脑补了一下宇文胄的脸贴在扑克牌上的样子,忍不住笑了起来。

这一丝细微的笑立刻被斐小婕捕捉到了,于是就开启了一场舌战:"你!有!问!题!"

"说什么啊你。"

"没事傻笑,非奸即盗!"

"傻你个头!"

"咳咳……"宇文胄用笔敲了敲桌子,瞪了一眼,吓得童四月和斐小婕立刻闭了嘴。

宇文胄接着说:"下面我分配一下任务,晓光和徐鹰继续跟着吴自怡，铁成和胡凌风跟着吴陈恭的司机，我和童四月负责蓝玉。好了大家快分头去干活。"

白色的大众后座，童四月保持着一个别扭的姿势一动不敢动。斐小婕此时正靠在她并不宽厚的肩上，嘴边还挂着一根"银丝"。

七点多就起床的斐小婕，跟着警局这些铁人跑了一天，再加上开了一个多小时闷得要死的会，早就困得上眼皮和下眼皮打架了，现在车一路颠簸简直睡得跟晕倒一样。

宇文胄边开车边透过后视镜将这一切尽收眼底，不动声色地将冷气调高了两度。

童四月因为他这个细心的小动作，内心又动了一下。

"组长……"

"怎么了？"

"你怎么知道吴自怡递给陈林枫的纸巾上有字啊？"

"我猜的。"

"那你怎么拿到那张纸巾的呢？"

"你还记得那天他们三个走之前我让他们测量一下身高和体重吗？我知道陈林枫那么爱漂亮，测量体重一定会把外套脱下来，我就是趁那个时候，从她大衣口袋里拿的。"

"难怪你让他们测身高和体重，还借口批评晓光亲自给他们测量，了几分。"

原来你早就想好了要去拿这张纸巾。"童四月心中对宇文胄的敬佩又多了几分。

白色的大众沿湖一路疾驰，路边高大的香樟投下斑驳的阴影。

"咦？我们不是去蓝玉家吗？"童四月突然发现车辆行驶的方向有点不太对。

"先去H大楼，我想再去案发现场看看。"

吴氏集团的H大楼里，密密麻麻的格子间多了好几个空位。

吴陈恭的死对吴氏集团和内部人员都造成了不小的冲击，好几个员工因此提出辞职。

吴陈恭的办公室已经被封了起来。

童四月一行人走进去时，员工们表面上假装认真工作，背地里都偷偷越过格子间观察他们。

"那个警官好帅哦！黑黑的皮肤好健康！"

"嘻嘻嘻，要不要我去帮你要电话啊，制服诱惑呢。"

"哎，后面那个大胸妹也是警察吗？她那个身材怎么穿防弹衣啊？"

……

睡醒了的斐小婕精神奕奕地跟在童四月的后面，听见自己被议论，不但不生气，还回头冲声音传来的方向做了个鬼脸，活泼大方的样子立刻收获了一群迷弟。

拉开黄色的封条，仿佛又到了另一个世界。

虽然尸体早已被移走，但吴陈恭的办公室内还是充斥着一股血腥味，地上白色的人形线提示着这里曾发生过的惨案。

"仔细看看还有什么漏掉的。"

"嗯！"童四月戴上一次性手套，开始仔细地翻查。

油画、书籍、摆设，好像没有什么特别。找着找着，突然童四月眼前一亮。

"有一块地毯的颜色比旁边深，像是被什么浸润过，之前一直压在旋转椅下没发现。"童四月用手在地毯上摩擦了一下，摸到了一些细小的颗粒，"这是什么？"

宇文胄凑过来用手摸了一下地毯，也摸到了一些相同的红色颗粒，捏了一些放在指尖仔细观察。

"吴陈恭死前那三天去过什么地方？"

"最近是吴氏股东变更的关键时间，吴陈恭除了出席必要的商业活动，其余时间都待在办公室加班，哪里都没有去。"

"既然不是吴陈恭身上的，那这些颗粒很可能就是凶手带过来的，取一些样带回去调查。"

"这间办公室有人来过。"宇文胄突然说了一句。

"你说案发前吗?"童四月不解。

"不,是案发后。"宇文胄冲童四月招手,"你过来看,发现什么不同了吗?"

童四月仔细看了一下,无论是文件的摆放位置,还是椅子的旋转角度,都没有任何不同。

"好像……没什么不同。"

宇文胄露出一个狡黠的笑:"你仔细看,墙上那个麋鹿头标本。"

童四月围着麋鹿头看了两圈,对照之前现场的照片摇了摇头。

"并没有发现什么不同……等等!"她突然瞪大眼睛,轻轻指了指麋鹿头顶上那个两厘米不到的小甲虫,"这个是你放上去的吧?"

"眼力不错嘛,差点以为把你们都骗过去了。"

"你不说麋鹿头我还真发现不了,难道这是个微型摄像头?"

"嗯。"宇文胄点点头,"我上次来的时候装的,我想也许凶手还会再返回来。"

"难怪这个案发现场你都没有派人守,原来是放长线钓大鱼。"

监控录像里,第一个出现的是蓝玉,他戴着棒球帽,坐在白色的人形线内,伸手做了一个奇怪的动作。

"他在抱吴陈恭!"准确地说,蓝玉对着那圈人形白线做了一个拥抱的动作,接着就痛哭起来,哭了大概半个小时才起身。只见他走到书柜前，从底部抽出一本法国作家玛格丽特·杜拉斯的《广岛之恋》，再从上衣的口袋里，拿出一封白色的信夹在书中。

童四月照着录像找到那本《广岛之恋》，翻开来果然掉出一个白信封。信封里只有一张白纸，上面什么都没有，信封的背面却写着一小行英文——Love Of My Life（一生挚爱）。

录像里随后出现的是陈林枫和吴自怡，对于他们俩同时出现，宇文胄一点也不觉得奇怪，他早就猜出这两人有问题了。

只见吴自怡打开电脑，好像在删除什么；陈林枫则打开旁边的保险柜，找出一沓文件。两人确认后，从随身带的包里找出另外一沓文件替换进保险柜，再将原有的烧毁。做完这一切后，两人都松了一口气。

"他们在做什么？"

宇文胄冷笑了一声："做假账。我之前就觉得不对劲，派人查过了，吴自怡亏空公款，陈林枫嗜赌成性，两个懒人一拍即合，在吴陈恭活着的时候就多次篡改吴氏的账目。如果我没猜错的话，那天在警局吴自怡之所以要帮陈林枫伪造不在场证据，就是因为他们在案发的当天来过现场。"

"他们来过案发现场？"童四月不可思议地睁大眼睛。

"嗯，你记不记得那天我问吴自怡，案发当时他在做什么？他说自己九点钟的时候就上床了，深夜一点的时候早就睡熟了。我们在现场分析案情的时候他并不在,他怎么知道吴陈恭的死亡时间是深夜一点?这说明吴陈恭刚被害没有多久,他和陈林枫正好想进去篡改财务账目,结果就看到了被害的吴陈恭,因为血液还没有凝固,尸体也没有变冷,所以可以判断是刚死没多久。你可以想象他们当时是很害怕的,但是仔细一想,如果他们这时候报警的话,警察一定会问,他们半夜去公司做什么。其实在这之前,吴陈恭已经对财务账目起了疑心,但她还没有来得及查就遇害了。所以这个时候,对于吴自怡他们来说未免不是一件好事。没有什么比一个死人更好的背锅道具了。"宇文胄逐步解释。

"吴自怡这么做,我信,但陈林枫是吴陈恭的妈妈啊!亲妈怎么可能无动于衷?"

"伤心难过当然是有的,但人已经死了,她又欠了一屁股赌债,就算报警抓到了凶手又能怎样,还会惹来其他人对她深夜出现在吴氏大楼的怀疑;不报警的话,不但可以让吴陈恭背上这笔烂账,还可以趁机捞更多的钱到自己口袋。说白了,她内心进行了一番利益权衡,最终选择了更实际的好处。"

"那吴自怡怎么会找陈林枫合作?陈林枫毕竟是吴陈恭的妈妈。"

"因为吴陈恭一直把自己保险柜的钥匙放在她妈也就是陈林枫手上保管。"

"他们既然已经在案发当晚来过了,为什么又要再冒险一次?"

"因为当时吴陈恭的尸体倒在桌边,挡住了电脑。他们要等尸体挪走后,才能修改电脑的文件,并且他们以前不知道吴陈恭会死,还只敢偷偷摸摸小打小闹,这次再来应该是想趁着吴陈恭的死修改大量的账目大捞一笔!再把这笔不翼而飞的账算在死人的头上。"

理清这层因果后,童四月、斐小婕和宇文胄都沉默了。

原来在利益的面前,亲情是如此不堪一击,甚至连最伟大的母爱也可以离经叛道。

"我突然有点同情吴陈恭了。"斐小婕说,"以前在电视上看到这个女人,我总觉得她命真好,出生在这种有钱人家,自己又漂亮又有才华,不但能赚钱还能出席各种高档派对。虽然莫名当上了什么电影节的评委,走红毯的时候也落落大方,一点都不输那些国际巨星,却没想到原来她私下的生活竟是这样,连最亲的人也会背叛她。"

"当年陈林枫只是吴千帆众多情人中的一个,但她偷偷怀了吴陈恭。或许对于她来说,吴陈恭根本就是自己用来要挟吴千帆的一个砝码,就连吴陈恭的名字也是这段可笑爱情的见证。"宇文胄顿了一下,继续道,"自己的哥哥和姐姐把自己当成眼中钉,在成年之前从未见过自己的父亲,就算吴陈恭心里清楚自己只是一个换取华丽生活的砝码,她也舍不得那点少得可怜的亲情,所以她才会把保险柜的钥匙交给陈林枫,因为她再也没有别的更信任的人。"

"有钱人家的利益之争真可怕。"斐小婕感叹。

"还有更可怕的。"宇文胄叹了口气,"你记得我们在现场找到的那枚女士烟的烟头吗?法证科检验出上面既有吴自悦的唾沫,也有吴自怡的指纹,也就是说那枚烟头是吴自怡在看到案发现场后,故意从吴自悦办公室的烟灰缸里拣出来,丢在现场栽赃自己亲妹妹用的,因为全公司只有吴自悦抽这种女士进口烟。"

"他还是人吗?!简直比凶手还可怕!"童四月气愤地捏紧了拳头。

"他会得到应有的惩罚。"宇文胄扬扬手里的录像,"就算他没有杀人,他做假账、挪用公款、做假笔录这些也够他受的。"

三人再次查看了案发现场,又取了一些证物,从吴陈恭办公室离开时,一个穿白衬衣的年轻男子与他们擦身而过。

"蓝玉?"宇文胄低呼一声。

"蓝玉……是暗恋吴陈恭的那个下属?"童四月偷偷回头看了一下,本人比摄像头拍的样子好看多了,连背影也清清秀秀的不像变态啊。

"小婕,你去跟他们公司的人搭个讪,问一下蓝玉最近有没有什么特别的情况。"童四月吩咐道。

斐小婕天生的胸大腿细,又笑容甜美,基本上她一出手没有宅男不中招,才出去转了十五分钟就收获了一大堆微信号和几条很不错的信息。

"你们猜我听到了什么!简直比八点档姨妈剧还狗血!"斐小婕一

脸兴奋道。

"快说！别卖关子。"童四月不耐烦地催促。

"原来啊，这个吴总喜欢嫩草哦！她先后谈了几个男朋友每个都比她小，包括她现在的男朋友林逸凡，也是个小鲜肉。"

"就这个？"童四月一脸你的信息好没营养地嫌弃。

"大姐，别急啊，等我慢慢说。这个吴陈恭表面上经常在朋友圈啊、微博啊跟自己的小男友秀恩爱，但其实他们的感情并不好，很多同事都在楼梯间碰到过他们吵架。

"据说这个小鲜肉自己没什么本事，拍的那些平面照片连吃饭的钱都不够，又喜欢跟人攀比，说什么要在娱乐圈维持形象，吃穿用皆要名牌，所以经常跟吴陈恭借钱，借了一次两次三次都不还，吴陈恭当然就不愿意了。有时候吴陈恭心情好一点，手松一些，两人的感情就还不错；有时候吴陈恭不想给他钱，两个人就一定吵架！"

"你说有没有可能是这个林逸凡又想去跟吴陈恭要钱，然后吴陈恭不肯，两人吵起来，无意间林逸凡把吴陈恭杀了？"

宇文胄摇摇头："第一，这种软包干不出这种事，杀人不是一般的犯罪，需要非常强大的心理素质，林逸凡可能连杀只鸡都困难；第二，如果是他杀的，他一定会拿走财物，但吴陈恭办公室的现金都没有丢失；第三，如果是激情杀人的话，他没有必要强奸吴陈恭。如果是为了故意扰乱我们办案的视线，我觉得他没有那个智商。再说了，他身高一米八二，而之前监控里拍到的那个凶手身高是一米六八到一米七五之间，明显不符。"

斐小婕对宇文胄伸出大拇指："宇神探！服！"

宇文胄伸手拍了拍她的头："好了，继续说说，还有什么线索吗？"

"剩下的线索啊，可就值钱咯！神探不请客，我是不会说的！"斐小婕故意卖关子。

"请请请！"宇文胄说完双手奉上饭卡，"你想吃什么，以后自己刷。"

"我才不吃你们食堂呢！西红柿炒皮蛋、冬瓜焖月饼，也只有你们食堂的师傅想得出来，你们早晚会被毒死！"斐小婕愤愤道。

"好了，斐大小姐别绕弯子了，你想吃什么我都奉陪，但你得把你刚刚听到的一字不落地告诉我们。"宇文胄目光紧盯着斐小婕。

斐小婕继续道："还有就是案发当晚蓝玉来办公室拿U盘，当时办公室有几个同事正准备下班，他说拿了U盘一起走，但同事等了很久都没看到他来，打他电话也打不通就自己先回家了。"

三人正说着，突然一个文件夹飞出来，随之玻璃门里传来隐约的咆哮声："蓝玉，你当我们这里是什么？城门吗？想来就来想走就走！当初你求着我非要进我们部门！现在公司最缺人的时候，你说辞职就要辞职！"

　　白衣男子或者说白衣少年更合适，因为他看起来太年轻了，白色的衬衣罩着清瘦的身体，细碎的刘海耷在光洁的前额上，整个人透露出一种清新干净的气质。

　　"真难想象这样的男生会杀人。"童四月实在不敢相信。
　　"哎呀，我觉得凶手不是他啦！长这么好看，怎么可能是变态杀人犯？！我要把他画进我的漫画里！"斐小婕叫道。
　　看着眼前两个跪拜在颜值下扭曲三观的女人，宇文胄无语凝噎。

　　蓝玉从人事办公室走出来的时候，宇文胄拦住了他。
　　"蓝先生你好，我们是负责吴陈恭虐杀案的干警，我们需要你配合一些调查。"
　　"现在是工作时间，你们去楼下的咖啡馆等我一下，我等会儿下来。"对于他们的到访，蓝玉没有一点意外的样子，很平静地答应了调查。

5.
　　H大楼下的旋转咖啡馆里，宇文胄搅着咖啡思考："你们说蓝玉会不会骗我们下来等，然后自己从另一条道跑掉？"
　　"不会的。"斐小婕笃定回道。

"你为什么这么肯定？"宇文胄不解。

"因为我对帅哥都是无条件信任！"斐小婕一边大口大口地吃提拉米苏一边咧嘴笑，傻气的样子让宇文胄又好气又好笑，恨不得换一张桌子以免被传染花痴！

等蓝玉坐到他们面前的时候，斐小婕已经吃得晕晕乎乎，直接被他的逆光美颜惊出了一个饱嗝。

一个男人长得如此白净清秀真是世间少有，就这一眼，童四月就断定，他跟吴陈恭之间绝对有故事！

果然，他们还没开始问，蓝玉就主动坦白了，他跟吴陈恭并不是普通的总裁和员工的关系，他们曾经交往过一段时间。当时吴陈恭报了一个成人的英语培训班，蓝玉是那个班的授课老师。吴陈恭的英语基础很不好，不会自然拼读发音全靠死记硬背，性格却非常好强。每次上课蓝玉问有哪位同学愿意读一下今天的课文？吴陈恭总是第一个举手。

但她读得太差了，磕磕巴巴，发音又怪又不准，开始同学还当是个笑料，后来就直接嘘她。

到了最后，吴陈恭一读课文，全班同学就一起反对。

最严重的一次，蓝玉问谁愿意读一下课文？吴陈恭刚站起来就发现不知道谁把她的长裙裙摆系在了凳子脚上，她一站起来，刺啦一声，整条裙子都被拉了下来，甚至连内裤都被拉了一半露出了半个屁股，全班哄堂大笑。

但让所有人都没有想到的是,吴陈恭并没有去拉裙子,而是像什么事都没发生那样,依旧用她那奇怪的发音认真地朗读课文。直到整篇课文读完,她才轻轻地鞠了个躬,把裙子提上来,整个过程中,她的裙子一直滑在脚边。

开始大家还只是笑,后来就有女生嘀咕说她不知廉耻,故意卖弄风骚勾引男生。

自始至终吴陈恭的表情都很平静,没有愤怒,没有羞耻,亦没有半分害怕。

"或许我就是在那个时候爱上她的吧。"蓝玉回忆到这里,脸上露出了羞涩的笑意,"我从未见过那么特别的女生,又勇敢又倔强。"

下课后,蓝玉偷偷跟在吴陈恭的身后,看着她昂首挺胸,走了很久很久,直到走到她自己的车旁边,坐进车里,她才哭了起来。她哭的样子特别奇怪,有点像笑,脸上却挂满泪。蓝玉走过去敲她的车窗,递了瓶水给她。

那天晚上,蓝玉跟她坐在车里,聊了整整一个晚上。

她对蓝玉说:"你知道吗,那些同学嘲笑我捉弄我,我真的一点都不难过,因为这些事对于我来说都太平常了,我从小经历的很多事都比今天的更令人难过,我早就习惯了。

"我童年的时候特别渴望有朋友,我努力讨好幼儿园的小伙伴,把好吃的都省下来带给她们吃,把我最喜欢的娃娃带去给她们玩,但我的朋友一个个都离开了我。后来我才知道,她们的妈妈不许她们跟一个婊子的女儿玩。我甚至看到我最好的朋友把我送给她的巧克力榛果棒丢进垃圾桶,因为她妈说,不能吃,脏!

"从五岁起,我对友情再也没有奢望。"

"我是个野种,这是我妈从没有避讳过的事,她恨不得昭告天下我是吴千帆的女儿!

"她预想着把我养到十八岁再像电影里那样带着我出现在吴千帆的面前换取感动和金钱,为了配合她心中这个自导自演的梦,她要求我品学兼优,身材样貌也不能有丝毫放松。

"我一直不理解她一个不学无术的人,凭什么要求我要考第一名?后来我才知道,我就是她的砝码,我越优秀,这个砝码就越重!

"她在意的只有我的外表和成绩,从没有真正关注过我的内心。有时候我考得不如她意,她就会把我衣服脱光了,只留一条内裤,绑在院门口的树上,借此惩罚我!

"年幼时我只是哭,略懂人世后,那些来来往往的目光让我羞愧得抬不起头……

"那些目光像利刃,在我的身上游走,有家庭妇女的不齿,有少女的恐惧,有成熟男性的猥琐,有老的也有小的……算是……童叟无欺吧……"吴陈恭苦笑了一下,"你感受过被目光凌迟的滋味吗?"

"有一次我眼睁睁地看着一个很好看的男生走过来,我很绝望。我求我妈把我放下来,但她无动于衷。我很想低头,我很想穿上衣服,但我被绑在树上,我连遮挡一下的能力都没有,那种又羞又怕的感受,我终生难忘。

"她一直这样对我,直到我十三岁的时候。有一次期中考试,我以一分之差只拿了第二名,她又想把我的衣服脱掉,把我绑起来,我激烈地反抗。我发现她竟然没有我想象中那么强大,我抓着她的头发,撕咬着她的手臂,她想抽我的耳光,手臂却被我拦住。

"我们厮打了半个小时,两人都伤痕累累,她终于放弃。从那天起,我终于明白了一个道理——这个世界是不会主动放过你的,只有你比她强大,她才不能再欺负你。

"从那天起,不用她说,我也会努力学习,我要考最好的学校、考最高的分,我要变得强大,让其他人都不敢欺负我!"

"呵呵……"吴陈恭苦笑了一下,"我有时候也蛮感谢我妈的,没有她的'严加管教',也不会有后来叱咤商界、无所不用其极的我。"

"我十五岁的时候第一次恋爱,他是跟我一起参加省奥数比赛的对手,长得很帅,家里条件也很好,有专门的司机送他去考场。我们不是同一个学校的甚至不在同一个市,他并不知道我的真实情况,在他心中我是个长得好看又聪慧的女生,我们像两块磁铁被彼此深深吸引,他不顾我的劝阻,每次集训完都让司机开车送我回我的学校。或许是他太好看,太引人注目了,又或许是在其他人的心中我不配拥有这样的男生吧,总之在集训的最后一周,有人给他寄了一封匿名信,信里是我的身世和不堪入目的照片……

"从那以后,我再也没有见过他。他来找过我很多次,站在校门口的样子依然那么好看,但我都绕着小道,不敢经过校门,我想他一定知道了一切,知道我不堪的身世……

"十二点的钟声敲响,美梦结束了。

"后来那次省奥数比赛,我意外得了金奖,拿到唯一的保送省重点高中名额,由此去了一所没有人认识我的学校,我的人生从那个时候才真正开始。

"很久以后,我听说,作为我最大竞争对手的他,在最后的考核中发挥失常,空了整整半张试卷……"

……

"咳——"宇文胄干咳了一声,"蓝先生,我并不想打断你,但我们的时间有限,你愿意说一下你跟吴陈恭是怎么分手的吗?"

"我们吗?"蓝玉苦笑了一下,"Winnie 是个很要强的女人,哦,

Winnie 就是吴陈恭的英文名，她一直觉得只有强大了才不会被欺负，为了变得强大她可以不择手段。当初她各科成绩都很优异，只有英语口语是短板，我不知道她是不是因为这个原因才跟我在一起，总之后来她的英语说得很棒了，她又有了新的目标。她想学习炒股的时候就去结交金融大亨，她想学习管理的时候，就找了一个 MBA，甚至……"蓝玉露出痛苦的表情，"她跟吴千帆的传闻也是真的……"

"所以你就因爱生恨杀了她？"宇文胄提高了声音。

"我没有！"蓝玉反驳。

"案发当晚，你人在哪里？"宇文胄咄咄逼人地问。

"我……我在家里睡觉……"

"你骗人！你当天晚上明明去了公司！"

"对，我是去了公司，第二天有个会议，我忘记带 U 盘了，里面有我第二天要讲解的 PPT，我回来拿，但我拿到后就走了！根本没有看到吴陈恭。"

宇文胄盯着蓝玉的眼睛一字一顿地说："这个世界上，没有凶手会承认自己是凶手，你有作案动机，也有作案时间，我们有理由相信你跟这个案件有脱不开的干系……"

原本坐着的蓝玉突然站起来，激动地说："那谷卿呢？我有嫌疑，他就没有吗？他每天都跟 Winnie 在一起，那天我回公司拿 U 盘的时候，看见他把车停在楼下，一开始还在车里，后来等我拿了 U 盘下楼的时候车里就空了……"

宇文胄和童四月交换了一个眼神："你跟谷卿很熟吗？"

"没……没有……"蓝玉的眼神躲闪了一下，"我只知道他是 Winnie 的司机。"

"那你怎么会这么留意他呢？"宇文胄反问道。

"呃……因为司机是应该一直在车上等的……我看到他没在车里……觉得……他有点玩忽职守……所以……对他那天不在车里印象深刻……"蓝玉心虚地解释。

"那你知道他跟吴陈恭也有不正当的男女关系吗？"

蓝玉的手因为握得太紧而指节发白："不知道！我只知道他是 Winnie 的司机，除此之外我什么都不知道！我根本不认识他！也跟他没有任何交集！"

宇文胄不动声色地把手从桌上转移到自己的腰间："我们在来这里后的半个小时，接到警局的电话，有人在苦海湖里发现了一具浮尸。据证实是吴陈恭的司机谷卿，他死前曾跟人发生过肢体纠缠，死亡原因是溺水，法医在他的指甲里提取到了一些皮屑。我们查了当天你有去苦海湖城市轻轨的购票记录，如果没有猜错，那个皮屑应该是属于你。

"另外，据法医推测谷卿的死亡时间比吴陈恭死亡的时间早一天，所以他根本不可能在吴陈恭死亡当天还去给吴陈恭当司机！

"你杀死了谷卿又杀死了吴陈恭，再想方设想把杀吴陈恭的事推到谷卿的身上自己就可以脱身，我们调查过你已经订了去大阪的机票。如果你不心虚，为什么要这么急着走？"

蓝玉的脸在一瞬间变得惨白："我进吴氏本来就是为了吴陈恭，她不在了，我当然没有多留的必要！"

"吴氏集团的监控显示，案发那天你拿了U盘走进电梯后又折回了公司，跟在吴陈恭的身后进了她的办公室。那之后办公室外的监控就再也没有拍到任何人，一个小时后吴陈恭就死了！换句话说，除了你和吴陈恭没有任何人在那个时间进过她的办公室！吴陈恭不可能自己奸杀自己，凶手只能是你！"

听到这里，蓝玉再也忍不住了："你不要污蔑我！我没有杀Winnie！我那天拿完U盘就走了，根本没有进过她办公室，你们明明知道她是被人奸杀的！为什么不验一下精子？"

宇文胄冷笑了一声："这就是你的聪明之处了吧，你奸杀完吴陈恭，还用漂白水清洗了她的阴道，导致我们无法从遗留的精液中验出任何DNA。而在刚刚我们等你的时候，我接到了另一组同事的电话，他们从你家的阁楼里搜出一瓶用了一半的漂白水。"

"你们怎么可以私自去我家？"蓝玉愤怒道。

"我们有搜查令，是房东给我同事开的门。"宇文胄把腰间的手慢慢又放回桌上,"这里人来人往,很多都是你们的同事,我希望你配合一点跟我去警局,不然你会走得很难看。"

蓝玉抬眼看了看宇文胄腰间隐隐露出的银光,颓败地站了起来:"我跟你们走……或许命中注定我要早点去陪 Winnie……"

第二章
拜金天使

你都说了我是个奸商，
商人是不会做亏本买卖的。

1.

蔚蓝色的湖底，荒安君躺在他那舒适的卧椅里，一下一下扇着小风。

他的眼睛始终盯着前面的雕花镜台，碧水夜明珠、青萝密瓷瓶、六龙玉鼎……上面的每一样都是他的战利品，都价值连城。

他平日里最喜欢做的事就是躺在卧椅里，静静地欣赏它们。

今日天气不错，阳光透过蔚蓝的湖水，为他的战利品镀上了一层金色，他很满意这个效果，流光溢彩，夺目万分。

此刻他的心情不错，摇着扇子嘴角漾起了一丝葛朗台式的笑。

"哐——哐——"

荒安君正欣赏着他的宝贝，突然一声巨响，湖中直接砸下一个什么球体。

那个东西貌似无比坚硬,直接洞穿了屋檐,哗啦啦砸在雕花镜台上,连带着上面的碧水夜明珠、青萝密瓷瓶、六龙玉鼎……噼里啪啦落了一地……

嗜宝如命的荒安君倒吸一口凉气,伸手想要去阻拦,却根本赶不上那"物体"破坏的速度,他眼睁睁地看着自己的宝贝被撞得七零八落,一半当场变成了垃圾,心痛得险些晕倒。

待他缓过神来才发现,那个从天而降的大球,好像……是个人……

荒安君拿着扇子围着"球"转了几圈,此"球"穿着一件宽松土气的深灰色外套,头发短短的,脸……勉强算清秀吧……蜷缩在地上一动也不动。

见着好像没什么危险,荒安君蹲下来小心翼翼地用扇子戳了几下,"球"动了一下,发出嘤咛的吃痛声。

荒安君又凑近了几分,将耳朵贴近想要听清"球"在说什么。

却突然被一声惨叫震得耳膜都要裂开——

"啊——啊——"

原本蜷缩在地上的"球"不知什么时候已经飞快地逃到了墙边,双手抱肩一副受惊过度的样子——荒安君伸手飞出一颗珠子弹在她脑门上算是打了个招呼。

原本只是哆嗦的童四月,看到荒安君后更惊恐了:"鬼……鬼鬼……鬼啊!啊——啊——救命啊!你别靠近我。"

鬼?荒安君哑然失笑,凑上前去:"睁大眼睛看清楚,有这么好看的鬼吗?"

童四月此时脑海一片空白,对于凑上来的物体本能地反抗,一拳下去,荒安君漂亮的脸上就多了一块乌青。

原本似笑非笑的脸染上可怕的冰霜色,修长的手指扯着她的衣领,将她拽到面前。

"你想干什么?"童四月惊恐道。

"就凭你值得我干什么?"

"你!不会想打女人吧?"

"你也算女人?"荒安君回忆了一下,光顾他店铺的那些女人,不是丰乳细腰就是长发长腿,衣着也是华贵逼人或精致贵气,这么邋遢的女人他还真没见过。

见荒安君并没有要打自己的意思,童四月壮着胆子主动问道:"我是不是死了?"

"你觉得呢?"

童四月抬头看了一眼金碧辉煌的水晶吊灯:"我觉得,跟我想象中不太一样……"

荒安君依旧冷着脸:"你想象中是什么样子?"

"我想象中，是黑黑的，长舌鬼啊、拖发鬼啊、牛头马面什么的。"

荒安君觉得自己快被面前的人气笑了："你当我这里是什么？阴曹地府？睁大你的眼睛看清楚，这里是苦海湖底！"

童四月环顾了一圈，发现这个金碧辉煌的店铺外似乎凝结着一层水汽，像一个巨大的结界，仔细看似乎是一种透明的材料，头顶上是深蓝色水纹，透着漂亮的光束，还有鱼在游来游去……

童四月后知后觉地深呼吸了两口，竟然能呼吸！？不但能呼吸，空气里还有一种香香的味道……

"这位小姐，你是从古代穿越来的吗？"

"嗯？"

"什么年代了，在湖底造一个有氧的房子不难吧。"

这……童四月愤怒了！

莫名其妙掉进湖里不说，还遇到一个这么奇怪的店铺！一家开在湖底的店铺不奇怪吗？！好奇一下，怀疑一下很正常吧！凭什么用这种鄙视的眼神看自己！你才是怪人好不好！

"我以为我死了。"童四月没好气地回嘴。

之前慌乱中没太注意，现在冷静下来才发现，面前的男人穿着一件质感上乘的长褂，长发披在身后，有点像古装剧里上仙公子的样子，却又比任何一个古装剧演员还要好看，唇如新月，面如温玉。

人虽臭屁,模样倒是不赖嘛。

看着望向自己的目光,荒安君翘起了嘴角,心想,是不是帅到你了,是就承认啊。

童四月扭了扭被摔得麻木的双腿,摇摇晃晃地站了起来,跟面前的男人欠了一下身。

"你好。"

伸出去的手半天没有回应。

对方细长的眼睛流露出一丝不屑的目光。

童四月心里瞬间又跑过了一万匹草原动物,表面上却还是礼貌地试探:"这儿……真的是湖底吗?"

对方回了她一个"废话"的眼神。

"可……我在苦海市住了二十多年,从没有听过苦海湖底还有这么个地方。"

面前的男人弯弯嘴角,冷笑一声:"以你的学识,不知道很正常。"

童四月又被呛了一下,这个漂亮的男人怎么说话这么讨厌?!但她还是强忍着怒火继续说道:"我在苦海湖游船,后来船翻了落入水中,接着就掉到这里了,如果有冒犯到还请见谅。"

"何止是冒犯。"荒安君看了一眼满地的残珠碎片心痛地说,"简直是灾难!"

看着满地的碎片,童四月愧疚得鞠了个躬:"对不起,给你添麻烦了,这些我撞坏的东西,我都愿意原价赔偿。"

"赔偿?"荒安君打量了童四月一眼,"你知道这是哪儿吗?你知道这些是什么吗?你听好了,我是一个商人,我店里卖的东西是你这种普通人想都不敢想的虚灵之物,除此之外你目之所及的每一件物品,都是这个世上独一无二的珍品,是你八辈子积蓄都赔不起的!"

八辈子?!有没有这么夸张!

童四月表面不置可否,心里却产生了强烈的疑惑,就算店里的装修看起来还不错,但也不至于那么贵吧!

什么独一无二,什么虚灵之物,都是故弄玄虚!

无非就是看她打坏了东西,想要趁机抬高价格讹她一笔!对不起,我童警官不吃这套!想讹我,门都没有!

"旅游局的人真是丧心病狂,挖空心思想着赚钱的方法,连湖底都不放过!"童四月话锋一转,想着我先跟你说旅游局,再跟你说物价局,实在不行还有315,总有一个能吓到你!

"噗——"荒安君觉得自己今天受到的冲击比这辈子还多!他都快被气笑了!他精心打造得这么金碧辉煌、这么价值连城、这么……那啥的装潢是那个什么局弄得出来的吗?!

"哼,这么不识货比瞎了还不如。"一生气荒安君也说出了心里话。

一时间空气里的火药味浓了起来。

"你……说什么？"

"没什么，敢问小姐尊姓大名？"

"我叫童四月，是一名警察，你喊我四月好了。"

"肆虐？"

"四……月……"

荒安君看了一眼让他心碎的满地残渣："肆小姐真是人如其名啊……"

"我叫童四……"

"肆小姐，我不管你叫什么，你叫什么也不重要，重要的是我希望你能明白，我并不是很欢迎你。"

童四月抱歉地摊了一下手："其实我也不想赖在这里，但我不知道要从哪里出去。"

"这你不用担心，你能进来，我自然有办法送你出去，只是你掉下来撞烂了我这么多东西，不能说走就走。这些东西虽然都是无价之宝，但我刚刚想了一下既然你有心赔偿，我还是勉强帮你核算一下价格。"

童四月顺着荒安君的目光看了一眼地上的"残珠碎片"，叹了口气，问："多少钱？"

荒安君想了一下乒乓球大小的碧水夜明珠、世上仅此一个的汉代青萝密瓷瓶、绝品六龙玉鼎……再看看一身休闲装的童小姐也不像有钱人的样子，就意思意思一下算了。

"五亿好了。"

"什——么——"童四月以为自己摔得出现了幻听。

"五亿啊！"荒安君伸出五根手指头在童四月眼前晃了晃。

"你抢钱啊——"如果不是摔得腿脚不便，童四月绝对会立刻逮捕他！

"你这是碰瓷！敲诈！不要脸！一个破旅店的几个摆设要五亿！"

"旅店？你说这里是旅店？"荒安君也感觉自己出现了幻听。

"我看到你门口写着'七日'，房内还有张床，你这儿不是旅店是什么？！"童四月被"五亿"震得彻底失去了理智，不顾形象地大声反驳，"开在湖底还装修得这么浮夸！不就是个风情旅店吗？还是山寨'七天'！"

"那不是床！是软塌！是古董！"荒安君觉得自己要晕倒了。面前的女人长相普通，气质一般，却有着一股异常可怕的磁场，随便误会他不说，还砸烂他的宝贝，还说他是山寨旅店的老板，这简直是他近年来受到的最大侮辱！

2.

三个小时前，童四月正坐在苦海湖的观光船上，哆哆嗦嗦地用手抠着船边，赔着笑。

据说是为了奖励他们破了这起举市震惊的"吴陈恭虐杀案"，市领导亲自陪他们游湖。

这么大的福利,童四月却消受不起,她从小就怕水,从来不去跟水有关的地方,这次被强行拉上船简直吓得要死,一动都不敢动。

那个什么大领导也够奇怪的,放着大船不坐,非要坐这种四个人踩的游船,还特别关心童四月,笑眯眯地问东问西。

"该不会是看上你了吧?"斐小婕附在童四月耳边悄悄说道。

"看你个头!你还不知道我长什么样吗!"童四月一边对着对面的大领导挤出一个笑脸,一边瞪了斐小婕一眼。

这么说自己真的好吗?斐小婕嘀咕着,随即又理了理刘海,冲着对面的人抛出一个无敌的暖场微笑:"嘿嘿,谢谢兰书记今天抽空陪我们这些屁民,哦不,市民游湖,还大方地带上我,我真是……"斐小婕本来想说与有荣焉,结果一不小心说成了"容光焕发啊"!

对面的中年男人看着斐小婕叽里呱啦,慈爱地露出微笑,整个人散发出一股四五十岁男人特有的沉稳。

见没人接话,怕冷场的斐小婕又继续没话找话:"哎,兰书记你姓兰啊!我们抓到的那个嫌疑犯也姓蓝哎!好巧哦!"

童四月扶额,早就叫这个闺蜜多读点书了,书到用时方恨少,一个漫画家怎么说话这么难听。幸好对面的大人物不是很介意的样子,仍然笑眯眯地看着她,边踩船边问她:"童警官,工作多久了啊?"

"四年。"童四月答。

"哪里毕业的啊？"兰书记又问道。

"纽约州立大学。"

"哦，如果没有猜错的话，童警官是奥尔巴尼分校毕业的吧，那里的犯罪心理学最出名了！"兰书记问这句话时，眼睛直直地看着童四月。

"对啊！我们四月是学霸！学霸呢！"斐小婕听见有人夸她闺蜜比自己被夸了还兴奋。

"童警官这么年轻有为，刚刚进警队四年就屡破大案，有没有想过为市民做一些贡献呢？"

"贡献？"童四月有点不明白，我们现在的工作不就是为人民服务吗，还要做什么贡献？

唉，最怕和这些领导打交道了，说话就像打哑谜一样。

"比如——"面前的人笑得温文尔雅，"帮忙带个徒弟什么的，培养更多像童警官一样的人才，这不是我们苦海市的福音嘛。"

童四月苦笑了一下，她感觉自己猜到了点什么，果然——

"犬子今年刚刚大学毕业，我想让他跟着童警官实习一下，多学点有用的知识，以后也可以像童警官一样为社会做些贡献。"

"呵呵呵呵——"童四月嘴角扯出一连串皮笑肉不笑的笑容。原来是想把儿子塞到警队来实习，难怪这么好心请我们游湖，还美其名曰什么"破了大案的奖励"。这不是搞笑嘛,警队又不缺实习生,再说了,他们的工作还有一定危险性,要是磕着碰着领导的公子怎么得了。

"兰书记,我们组是重案组,其实都是一些粗人,起早贪黑地查案,有时候还有危险,您的公子博学多才,一些文员的工作是不是更适合他?"童四月建议道。

"哎,男子汉嘛,就要多锻炼才行,而且童警官是名校毕业,又有四年的工作经验,帮我管教犬子最合适不过了!"

说得这么好听,一定是打听清楚了童四月学历高,又发狠,干了四年正好在升职的节骨眼上,这个时候他把儿子丢过来,实习不了多久,童四月一升职,位置空了正好顶替。真是老狐狸!宇文胄心里这么想着,嘴上说出来又是另一番话:"兰书记指示得是,四月确实是我们队最优秀最有前途的警员了,您的公子在这里实习既可以学到东西,又可以帮着您监督我们的工作,一举两得,再好不过。"

兰守衡满意地点点头:"小宇说得对,我这就喊犬子来跟大家认识认识。"

童四月还没来得及拒绝,就见兰书记冲着不远处停着的一艘黄色小游艇招招手。黄色小游艇收到指示,立即发动马达,轰隆隆——乘风破浪地朝他们驶来。

游艇上的年轻男子，在甲板上等了一个小时，都快被晒干了。眼见着终于有了信号，兴奋地加大马力直冲过去，想要快点跟老爸还有他的新上司会合。他已经想好了，先邀请他们来自己家的游艇上坐坐，欣赏一下他自己改装的黑科技——蝙蝠侠无人机。接收一波赞扬后，再开瓶红酒，请新上司喝！不过，话说红酒是开拉图好呢，还是开玛歌？这么高调会不会也有点不好？或许他们这些粗人也不怎么懂酒，不如开瓶新世界的？加利福尼亚的马尔卡森也不错，气味香醇又个性十足，不是正适合他这种年轻有为的青年吗？哈哈哈……

游艇加足马力地朝童四月他们坐的小船驶过去——

船上的四人从开怀大笑，变成礼貌微笑，最后变成惊恐大叫，斐小婕尖叫着"停船啊！停船！要撞上了"……

无奈游艇上的人正沉浸在自己完美的构思里，根本听不见他们在说什么，等他反应过来，已经来不及了，游艇径直朝小船撞过去。

"砰"的一声巨响，小船应声而翻。

大家手忙脚乱，自顾不暇，谁也没有注意到怕水的童四月在翻船的一瞬间惊恐得昏了过去，像一颗硕大的石头直直地朝湖底坠去……

3.

老旧的筒子楼里，密不透风的遮光布将阳光死死地拦在窗外，屋内漆黑一片。

黑暗的角落里透出两只绿莹莹的眼睛。

　　深深浅浅的呼吸声让气氛变得更加紧张，童四月听到自己的心跳声，嘭——嘭——嘭——

　　不知道过了多久……

　　一声轻微的"呲"——划破了空气。

　　五秒钟后，一股混合着鸡饼、牛肉的臭味扩散开来——

　　童四月再也忍受不了，怒吼一句："胖塔！你又放屁！"

　　绿莹莹的大眼睛在黑暗中眨巴眨巴，无辜又卖萌，装出一副什么都没做的样子。

　　对面的男人用袖口掩住鼻子，跷着二郎腿飘到墙角，眼神里都是嫌弃。

　　童四月要崩溃了！家里有只贱狗就够她受的了，现在又多出来一个挑剔得要死的"爷"！白吃白喝就算了，刚刚房间里没电了，童四月做饭做到一半想让荒安君下去帮忙买电，结果这货不屑一顾。

　　"我？你让我去买电？"

　　"你为什么不能买电！"

　　"先把欠的钱还了。"

　　"你……"

　　修长的身影侧躺在双人沙发上，漂亮的眼睛狡黠地眨了一下，露出一个似笑非笑的表情。

要死了！童四月感觉自己血压升高！血往上涌！拿着锅铲的手用力捏紧，仿佛下一秒就要将铲子拍在这个男人的头上！

先是莫名其妙被领导的公子开船撞到了湖里差点淹死，好不容易命大没死，却又掉进一个奇怪的店铺撞烂了几个奇怪摆设，接着又稀里糊涂地答应了这个奇怪男人的天价赔偿，再接着这个奇怪的男人就住进了她家，美其名曰"陪伴式讨账"！

看着沙发上那个"肤白貌美"的修长身影，童四月在内心哀号一声。

苍天啊！家里藏着这么一个"妖孽"，要是被邻居看到该如何是好。

虽说打烂东西是她理亏，可这家伙自从上了岸就像跟屁虫一样跟着她，赖在她家混吃混喝一分钱不出就算了，现在连点力气活也不想干！简直倒了八辈子霉！

对于荒安君的身份童四月一直充满疑惑，这家伙穿得奇奇怪怪的，说话又十分恶毒，口口声声都是"你们普通人"。

可童四月观察了几日，发现这家伙除了异常漂亮以外，跟"普通人"也没什么区别，能吃能睡还很挑剔，品位也不俗。

或许他就是个高级诈骗犯，专门躲在湖底等人上门的碰瓷专家？

童四月曾经用警局的系统查过荒安君的背景，但让她意外的是，无论她用什么方法，一点有关的资料都查不到，没有任何背景也没做过任何登记，这个家伙就像是凭空冒出来的。

出于职业素养，童四月暂时接受了这样的"同居"关系，想着可以在日常生活中观察下这到底是个什么人,万一是个坏人,发现了证据就早点抓起来,在警察的身边总比在普通人身边安全。

最开始的时候童四月还怀疑过,这家伙会不会是色狼?故意设了这么一个局,好赖在女生的家里伺机偷窥?

又或者他对自己一见钟情?跪拜在自己的飒爽英姿之下,YY着她的制服诱惑?(那个时候童四月还不知道荒安君可以"听"见别人的心里话,后来知道后差点羞愧而死。)

没过多久童四月就彻底放弃了这些猜想,因为……这个家伙虽然赖在她家吃吃喝喝,却根本不正眼看她一眼,还时常保持着一种非暴力不合作态度,害得他们俩之间的"碰撞"格外强烈,小吵天天不断。

"哼,你不去买电,我也不去!大家都不要吃饭了!胖塔,你也饿着吧!"童警官也硬气了一次!

于是,一男一女一狗就端坐在漆黑的客厅里,从五点硬扛到了七点,最终被胖塔的一个屁打破了沉默。

荒安君用袖口捂着鼻子,用脚尖戳了戳地上的肉团:"喂,你是臭鼬吗?"

胖塔翻着白眼"呜"了一声,好像在说:我还黄鼠狼呢!

"呀,原来你是黄鼠狼!这么胖的黄鼠狼,我还是第一次见!"

童四月丢了个枕头过去:"有空逗狗,没空去买电!胖塔是柯基!

柯基懂吗?"

胖塔配合着骄傲地仰天长啸:"呜——呜——呜呜呜呜——"

吵死了!荒安君一个眼神扫过去,胖塔立刻闭嘴,小短腿溜得飞快。

童四月好生奇怪,平时胖塔被母上大人宠得分不清东南西北,天不怕地不怕,见人就凶、见狗就吠、见母狗就撩……外号"胖道总裁",怎么见了这个怪人这么客气,不但不凶他还特别听他指挥,没事还献媚地摇摇屁股,难道这人真的有什么神力?

"我屈尊纡贵住在这么简陋的房子里已经很辛苦了,不要指望我还能去做睡觉以外的工作。"眼神诚恳,语气真诚。

这么不要脸的话,还能说得这么理直气壮!童四月也是服了他。

算了!当她倒霉!

童四月丢下锅铲气呼呼地出门。

十五分钟后,她又垂头丧气地回来了——时间太晚,物业下班了,电要明天才能买了。

黑暗里,荒安君和胖塔同时叹了一口气。

没有电,看不了电视,甚至连饭也没得吃。

一男一女一狗继续躺在黑暗中,听着各自肚子发出来的抗议,尴尬得难以入眠……

"哎,你上次不是说你是商人吗?你到底是卖什么的啊?"童四月睡不着又太无聊了，忍不住想找点话题。

黑暗里传来一声冷哼："童警官什么时候这么八卦了？"

"调查一下不行吗？谁知道你是不是卖什么违法的东西！"

"你之前不是还觉得我是山寨旅店的老板吗？现在又觉得我卖违法的东西，你思想怎么这么肮脏？"

童四月被噎得说不出话来，顿了半分钟才憋出一句："那你到底是卖什么的？"

"你买不起的东西。"

"你……"话题被迫结束，童四月气呼呼地翻了个身，扯了扯被子，被子的另一角盖着胖塔，床上睡着那个英俊又讨厌的男人。

童四月的房子是租来的，只有一室一厅，一张床，平时住她跟胖塔刚刚好，可如今家里多了个大爷。

大爷表示，天花板没有宝石已经很不习惯了，再不让他睡床他会死！

童四月只好发扬人道主义精神改睡沙发，胖塔被迫从沙发改睡地板，委屈地用嘴咬着被子的一角敢怒不敢汪。

窗外漫天繁星，童四月盖着被胖塔压住的被子，叹了一口气，这家伙到底要在她家赖到什么时候？

"你还钱的时候……"

童四月吓了一跳，该死，明明只是在心里想想，怎么他就知道了？

难道真的像他说的那样……他是神仙？可这世上哪有神仙啊，就算有哪个神仙会像他一样爱财如命！还这么不要脸！

繁星满天的夜晚，荒安君听到了童四月心里一系列的嘀咕，与其说他最后睡着了，倒不如说他是被气得晕了过去……

4.

次日清晨，艳阳高照，望春街的陈家汤包铺里，童四月正狼狈不堪地跟老板道歉。

陈家汤包远近闻名，很多人排队前来购买。

童四月今天起了个大早，挤个半死才买到两笼热乎乎的汤包。谁知道荒安大总裁比她想象中还要挑食，才吃了半个就皱着眉头把剩下的全喂了狗。胖塔配合得很，一口一个吃得热火朝天。

喂完，擦擦手，慢悠悠吐出两个字："好油。"

童四月还没来得及制止，陈家汤包的老板就发了飙："穿得这么不伦不类，不男不女，还嫌弃我的包子！老子告诉你，老子的包子是百年祖传秘方！康熙爷都赞不绝口！"

"康熙爷……呵……"趁着那句"哪能和我比"还没说出来，童四月赶紧一把捂住了那张嘴，一边赔笑一边往外拖……

老板还想继续骂，突然人群中传来一阵骚动。

"哎，快看快看！"

"明星吔！"

"是乔菲菲！好漂亮哦！"

"真人脸真小！"

"明星就是明星，瘦得跟麻秆一样。"

刚刚还想杀人的老板，立刻堆起了十二分的笑："乔小姐来了啊，你要的蟹黄包都给你准备好了。乔小姐真是平易近人，这么大的明星还亲自来买早餐。"

乔菲菲微微一笑，原本就十分完美的脸蛋因她这一笑更添了几分神采，旁边好些排队的群众都看直了眼。

只见她双手接过老板递过来的汤包，说话的声音也甜甜糯糯："谢谢陈叔，陈叔的汤包远近闻名，要不是陈叔帮我留着还真怕买不到呢。"

这番赞扬真是顺耳得不得了，陈家老板乐开了花，忙着收钱的同时还不忘白了荒安君好几眼。

说来也奇怪，乔菲菲早年成名，虽然近几年被各种新人打压得人气大不如从前，但怎么说也算是曾经的一线女星，竟然一点架子也没有，出门连个助理都不带，穿着高档雪纺纱裙，直接擦也不擦就坐在油乎乎的包子铺里。

脾气也是意外的好，几十个人围着她要合影签名，她一个都不拒绝，还配合着摆出不同 Pose。

拿到了合影的人,都笑得合不拢嘴,纷纷在自己的社交平台上晒照,并在下面留言:

"路遇乔菲菲,本人比电视上美一百倍!"

"菲菲真是人美心善!不但跟我们合影,还把自己没有吃完的汤包送给了街边的流浪汉,我用我弟的零花钱保证,她这绝对不是作秀!"

"大明星乔菲菲,[强][强][强]就是比那些流量小花强多了!"

人群外的童四月也有点激动,这还是她第一次见到活的明星呢。果然,镜头都会把人放大,现实中看乔菲菲的脸只有巴掌那么大,腿又细又白。童四月有点忧伤地想,这样的脸蛋和身材就算是个女人看着也很心动吧,难怪那么多粉丝为她疯狂。

"听说,她最近参加了好几个公益活动,为了参加盲人学校的运动会,推掉了一个特别大的代言。"

"是啊,菲菲很善良的!还经常提携晚辈新人!"

……

童四月发现不太对劲,平时不管她说什么,荒安君不是冷笑就是嘲讽,今天居然这么安静,这么久都没说一句话。

童四月回头一看,荒安君正紧皱着眉头,死死盯着乔菲菲。

"你也觉得她很漂亮对不对?"

荒安君摇摇头。

"难道你觉得她不漂亮?"

荒安君又摇了摇头:"不是漂不漂亮的问题,你有没有觉得她有点奇怪?"

童四月想了半天摇摇头。

"你有没有觉得她人太好了一点?一个明星这么平易近人,还把公益放在利益的前面,你不觉得奇怪吗?"

童四月想了想,好像是有点,但那又怎么样呢,人家就是善良不行吗?

善良!

荒安君突然脸色一变,掏出一块漆黑的类似动物甲壳的东西念了几句什么。随着他的动作,一颗通体碧绿的珠子从兽甲内滚了出来,升到半空中,嘭地炸开,化成一团水雾。

碧绿的水雾乘着风在空中飘旋了数十秒,最后纷纷扬扬地落下。

看到这样的场景,童四月瞳孔都放大了,这……是变魔术吗,还是特异功能?

没等童四月开口问,一向淡漠寡言的荒安君竟然皱着眉头主动说:"她拿错货了。"

"什么……货?"童四月有点不解,"你还做微商?"

"微……你个头!"荒安君又一次确定了童四月有比他更可怕的毒

舌功能，不然为什么她每说一句话他都这么生气呢？！

荒安君压着怒火解释："乔菲菲前不久在我店里买了'美貌'，但我刚刚发现她好像拿错了，她拿走的不是美貌，而是'善良'……"

"你……你说……什么……"

童四月明明听得清清楚楚，却忍不住想要反问，她宁愿相信自己的耳朵出现了幻听，也不敢相信她刚刚听到的话，什么"美貌"、什么"善良"！

面前这个长得比女人还要漂亮的家伙到底是什么人？

作为一名刑警，童四月的脑海中有一百个疑问想要问清楚，却被面前男人铁青的脸色吓得咽了回去，他似乎遇到了什么棘手的事，童四月想着，留了一个心眼。

5.

千余平方米的展厅内，里三层外三层地围满了人，四五个帕灯的中央，一个银发帅哥和一只Line的可妮兔厮打在一起。

银发帅哥叫兰搏，一个小时之前他被损友拉来这个展厅看cosplay，刚到展厅没多久，损友就追着一个大胸女帝Coser而去，他则无聊地坐在日韩区刷手机。

突然一只雪白的人形玩偶兔出现在他面前摇摇晃晃地冲着他招手，他抬头一看，人形玩偶兔的手上拿了一个盒子，里面装着一些手工手机吊坠,示意他购买。

兰搏刷手游正刷得带劲,挥挥手表示不买。谁知,人形玩偶兔并没有走,而是将手中的盒子翻了过来,只见下面压着一张聋哑人的残疾证,还有一张勤工俭学的证明。

看到这些,兰搏有些不好意思,想着就买一个吧,问多少钱?

对方伸出一根手指。

兰搏打开钱包发现没有零钱,只好拿了一张一百元让人形玩偶兔找,谁知人形玩偶兔拿着这张一百元晃晃悠悠就走了!

二十分钟后,刷完女帝的损友回来听到这个事情,大大嘲笑了兰搏一番:"一百!这种手机链成本不超过五毛钱!你有没有脑子啊!人家要真的是聋哑人,你问他多少钱他能听得见?"

兰搏本来就有点心疼,又被损友一羞辱,顿时气得肺都要炸了。

远远地看见一个白点在前面,他几步就冲上前去,狠狠抓住那只可妮兔的耳朵:"骗子,还我钱!"

谁知兔子的耳朵是拼装的,用力一扯就掉了下来。兰搏不甘心又一抓,这回直接拽下来一只胳膊。

只剩一只耳朵和一只胳膊的可妮兔,挣扎地往前跑。眼见着就要逃脱了,兰搏一急,往前一扑从后面抱住可妮兔的身子,将其扑倒在地。

"非礼啊——"

一声尖叫从可妮兔的头套里面爆发出来，那些原本盯着 COS 拍照的路人纷纷转向，看向他们这边。舞台灯光也随着人群移动，四五个帕灯对准了他们。

可妮兔的头套已经在打斗中掉了下来，斐小婕气得满脸通红，她平时都是 COS 什么人形电脑小叽啊、新世纪福音战士这类又萌又性感的角色，今天来晚了，好角色都被抢掉，只剩了一只卡通的可妮兔。她戴着头套又闷又热，累了好几个小时，眼看着 COS 展快结束了，突然跳出来一个神经病追着她打。

现在还被这么多人围观，这个神经病抱着她，手还放在……她胸的位置，虽然隔了一个厚厚的玩偶套，但斐小婕还是抓狂了："变态！死变态！色狼！死色狼！"

对方也不甘示弱，一边骂着骗子，一边死死地拉着她。不一会儿斐小婕所扮演的可妮兔就被愤怒地神经病卸掉了胳膊、耳朵、腿，最后只剩下一个圆滚滚的身体，像个翻不过来壳的乌龟在舞台上打转，站也站不起来，要多丑有多丑。

不知道谁打了110，十五分钟后，飞奔而来的童四月一眼就看到像乌龟一样的斐小婕，旁边还有个死抱着她身体不撒手的兰搏。

见警察来了，围观人群纷纷让出一条通道。

斐小婕本来就气得不行，这时看到童四月，瞬间委屈得爆炸，一把鼻涕一把泪："童童，快抓他！抓他！他是变态！"

童四月刚想问清楚发生了什么，突然觉得面前的男子好眼熟，仔细想了半天，他不就是那个开船把自己撞下湖的公子哥嘛！

回想起掉到湖里的感觉，童四月忍不住打了个哆嗦。

半个小时后……

斐小婕、童四月和兰搏，还有展厅经理一起坐在监控室里。

监控录像清楚地显示了，一个小时前装聋哑人骗钱的是一只"米菲兔"，而斐小婕COS的是一只"可妮兔"，很明显兰搏认错了人。

找到了有力的证据，愤怒的斐小婕更加底气十足，张牙舞爪地抓着兰搏像演言情剧样一边摇晃一边大吼："你看清楚！我是可妮兔！可妮兔！可妮兔！你赔我的道具服！"

展厅经理小声地在后面提醒："小姐，道具服是我们的。"

"那你赔我的头发！我的妆！我的形象！我的心情！"

兰搏被斐小婕晃得七荤八素，却死鸭子嘴硬："天下兔子一般黑，谁知道你们是不是一伙的。"

因为这嘴硬的一句，下一秒钟，兰搏就被KO了。谁说女子不如男，暴躁起来的斐小婕在一瞬间对打架无师自通，连参加过特警集训的童四月都被她的拳速震惊，监控室里兰搏的哀号声此起彼伏。

眼看着兰公子要被打破相了，童四月不得不出面打圆场："好了好了，一场误会。小婕，这位兰先生就是上次请我们划船的兰书记的儿子，以后也是我们重案组的实习生，你们见到彼此的机会还很多，不如……握个手道个歉就算了吧？"

斐小婕和兰搏对视一眼，非常默契地说了同一句话："呸！"

6.

敦煌瑰丽秀美的壁画下，乔菲菲正穿着十几斤重的戏服，坐在导演边上扇风。

《敦煌天仙》第93场，是男女主角生离死别的重头戏，男主角为了女主角去赴一场必死之约，女主角要跟在马后追逐，边哭边跑，直至摔倒，这个镜头才算完。

扮演天仙的女主角就是和乔菲菲撞型的晴伊伊，虽然乔菲菲很不想看见她，但因为同属一个公司，两个人总是避免不了要合作。

但不知道是不是乔菲菲多心，她总觉得晴伊伊在合作的过程中有意无意地刁难她。就好像这场生离死别的戏，其实只要跟在马后面跑几步再摔倒就可以了，但晴伊伊一会儿走位错误，一会儿中暑头晕要休息一下，拖拖拉拉拖了两个小时还没拍完。

乔菲菲的戏紧接着这一场，早早就化好了妆等在边上。她演的是《敦煌天仙》里男主角奉父母之命娶的妻子，男主角听从父母的意见娶了她，却没有跟她生活过一天就爱上了女主角，乔菲菲这个角色因为爱而不得最后黑化了，变成女魔头，成了阻拦男女主角相爱的绊脚石。

今天要拍的戏除了男女主角的生离死别，就是黑化之后的女魔头大战群雄。为了表现女魔头的煞气，乔菲菲的戏服是全剧组里最重的，层层叠叠四五层，外面是一层金属盔甲，头上还有头套，妆也是特别浓。

在敦煌这样的天气里穿层纱都热得受不了了，穿着四五层戏服的乔菲菲被闷得喘不过气，汗流得像在上刑，恨不得赶紧拍完收工，偏偏前面那场戏的晴伊伊又频频NG。不知道是不是乔菲菲多想还是什么，她总觉得晴伊伊是故意的，每次NG完还故意回头挑衅地看她一眼。

如果是以前的乔菲菲估计早就爆掉了，但今时不同往日，经纪人好不容易接了这个千万级别的大投资古装剧，再累也要撑住，不管晴伊伊怎么挑衅，她也要忍着，毕竟之前去找荒安君已经花光了她所有的积蓄，如果没有这场戏，她简直要去喝西北风。

想到荒安君，乔菲菲的心里涌上一丝复杂的情绪。不知道在荒安君那儿买的"美丽"生效了吗？最近表扬她的人仿佛多了起来，运气似乎也变得不错。

乔菲菲一只手拿着助理准备的小电池风扇，一只手拿着剧本背台词。

突然导演喊她："菲菲啊，特别不好意思，今天伊伊来大姨妈了，状态不好,她的替身呢又请假了,我们剧组里就你的身形身高都跟她一样,能不能你帮她把那一条拍了?"

乔菲菲愣住了,她万万没有想到,自己千忍万忍,晴伊伊却变本加厉,让她当替身!

这……不是打她脸吗?

"导演……这不合适吧。"乔菲菲的经纪人适时站了出来,"我们菲菲怎么说也是知名演员,而且论资历比晴伊伊资深,怎么能给她做替身呢?"

"哎,小王,这个,我也是很为难,今天这个场地是好不容易才申请到的,只有一天的拍摄时间。你看太阳都偏西了,再过两小时就拍不了了,就当……"导演一咬牙,"给我个面子,帮我这个忙,好吗?"

看着导演为难的样子,乔菲菲不知怎的心一软:"不是我不想帮忙,女魔头的妆都上好了,怎么换?"

导演一听有门,立刻换了张笑脸:"可以的可以的,那个小沈啊,快过来给菲菲改下妆发,直接盖在这个妆上,我们不拍特写。"

经纪人还想说什么,却被乔菲菲拦住了。

这场男女主生离死别的戏,虽然只有远景和一个侧脸,并不太拍得到脸,但替身乔菲菲还是很敬业,跑得泪流满面,连男主角都被感染了,两人对戏得非常合拍,一条过!

导演笑得合不拢嘴,不停地夸:"菲菲长得漂亮,演技也是一流的!我们这部剧啊,非火不可!"

就连这部剧的男主角,以冷漠寡言著称的国宝级的明星辰时州也走过来冲乔菲菲伸出了手:"以前听说你出道早,脾气不好,今天第一次合作,才真正了解你并不是那些八卦报纸说的那样,很荣幸跟你合作!"

乔菲菲脸上的泪还没干,再加上出汗,妆彻底花了,她突然有点不自信起来,低着头礼貌地跟辰时州握了握手。

乔菲菲的经纪人也是个人精,见到辰时州主动搭讪立刻抓紧机会套近乎:"八卦记者都是乱写的,之前各种新闻不是也都说辰哥高冷吗?今天第一次合作,明明是暖男嘛。"

"我们家辰时州平时真的是冰山,拍完就会立刻回房,不跟任何圈内人做朋友的,今天是他第一次跟女演员主动说话呢。"

听见辰时州的经纪人这么说,本来就有点拘谨的乔菲菲更加不好意思了,说了两句话就脸红发烫地回房了。

辰时州目送着她的背影,自言自语地说:"想不到在这个娱乐圈里,竟还有人会害羞……"

乔菲菲回到房里,卸妆卸了足足一个多小时,脸被厚重的油彩闷了一天，起了一层红色的疹子。经纪人王小花心疼得不行："晴伊伊那个坏坯子，肯定是故意的！我呸！来个大姨妈就搞得自己跟女王一样！谁还没来过大姨妈啊！仗着自己最近有点话题，就这样欺负人！我看她早晚要栽！不过话说回来，今天我们也算是因祸得福，连辰时州都对你刮目相看呢！辰时州才是真正的大牌！人品好演技好，最重要的是他真的好帅啊！晴伊伊看到辰时州跟你说话后悔得脸都绿了，那个眼神，哈哈，好解气！"

乔菲菲揉揉发痛的头说："好了好了，说话不要体力啊，你早点回房去吧，我也累了，明天还要拍戏。"

王小花走了后，乔菲菲躺在床上用手揉头，头痛却一点也没减轻，她抬手看看表已经深夜一点了，小花肯定已经睡了。如果是之前她想都不会想就会打电话让小花去帮她买药，现在居然会站在对方的角度去替他人着想，自己最近到底是怎么了？

乔菲菲觉得有什么变了，但又说不清到底是什么，只能边安慰自己边叹了口气，披了件大外套外加口罩和帽子，打算去楼下的24小时药店买点止痛药。谁知刚走到楼梯口就闻到一股烟味，还有一个熟悉的声音："晴伊伊这个骚蹄子，看出我对她有点兴趣，就故意摆谱。"

"你注意点，她今天差点耽误流程，幸好乔菲菲好说话，不然亏的不是一点两点。"

"知道了知道了,流程最重要!资金最重要嘛!"

"知道了你还不赶紧想想怎么宣传,还有空跟晴伊伊撩骚。"

"放心吧,我早就想好了。明天有场激情戏,是晴伊伊和辰时州的,我准备了点东西给辰时州喝,外界不都传辰时州是座高冷冰山吗,都是装的,世上哪有不偷腥的猫啊!"

"你这样搞会不会出事?"

"不会不会,我跟晴伊伊说了,她巴不得跟辰时州传绯闻!辰时州谁啊!国际一哥啊!到时候拍的时候,你多卡几次,让他们多亲一会儿多摸几下,晴伊伊也会配合更投入一点,辰时州喝了药我就不信他一个大男人没反应!记者什么的我都安排好了,只要他裤裆一有变化,立刻就拍几个大特写,还怕没有热点?我保证这一个月的头条都是我们的!"

"会不会有点坑人呐?"

"坑毛线!记者有新闻,我们有头条,晴伊伊有绯闻,辰时州还有美人可以摸,各取所需!搞不好他们还巴不得呢!"

……

乔菲菲听出是制片和导演的声音,真是知人知面不知心,想不到他们打着艺术家的旗号,为了搏版面连这么缺德的事都做得出来。

得想想办法帮帮辰时州才行……

7.

实木音响里播着古琴六韵，兽脑铜炉里燃着上好的麝香，才几天而已，房间就被荒安君买来的"生活必需品"弄得古色古香。

童四月却高兴不起来，此时的她正在厨房里苦着脸煎荷包蛋。

自从上次陈家铺子事件后，她再也不敢带这货出去吃了，生怕他毒舌再得罪人，只好顿顿亲自下厨。

厨房里被油烟熏得乌烟瘴气，童四月咳得眼泪都出来了，那位同志却在客厅沐浴着熏香愉快地淘宝。

童四月恨得牙痒痒，却拿荒安君没辙。他仗着自己是债主，白吃白喝不说，还把她当丫鬟使唤。

最重要的是自从童四月教会荒安君怎么网购，这货就飞速地爱上了淘宝，今天买个香薰炉，明天买把羽毛扇，她的手机不停地振，全是信用卡账单提示信息。

眼见着信用卡要被刷爆了，童四月小心翼翼地提醒："你再这样刷，别说还你钱了，我们吃饭都困难！"

荒安君妖娆地半躺在贵妃榻上，一只手刷着手机，另一只手悠然自得地摸着胖塔："傻子，我给你淘的都是真古董，你赚了！"

"五百块一个的古董？呵呵，谢谢你啊！"童四月一手拽过胖塔，胖塔哀怨地看了她一眼，这只臭狗才几天就狗爪子往外拐，居然敢当着她的面被别人摸！

"你懂什么,这兽脑铜炉……"

"蛋好了,王爷请吃!""王爷"是童四月给荒安君取的外号,因为他实在是比一般的爷还难伺候,"爷中之王"简称"王爷"。

不知道是不是在湖底太寂寞,短短几天,荒安君就从一个冷漠星人变成了话痨,没事就拉着童四月普及历史知识,还十分高调,琴棋书画都炫耀了个遍。

唯有一件事只字不提,就是他自己的身世,他越是不说,童四月越是好奇。

据她这段时间的了解,荒安君不但是个奇怪的店主,还能听到方圆十米内生物的"心声",知道这件事后,童四月在很长一段时间都羞得抬不起头来,总觉得荒安君是不是"听"到了什么不该听的事。

某天,童四月凑到荒安君身边,一反常态地挤出一个笑脸,讨好地跟他商量:"其实呢,我每个月只有几千块工资,我算了一下就算我不吃不喝也要几百年才能攒到五亿,到时候我早死了!"

荒安君嫌弃地看了看她:"你寿命真短。"

"我又不是乌龟!"童四月抗议,"反正你店里还有那么多摆设,少几个又不会死,就不能不逼我这种穷人还钱吗?大不了你以后都可以来我家蹭饭。"

荒安君眯着眼睛摇了摇手里的扇子:"我是个商人,商人是不会做亏本买卖的。"

"那你要怎样？"

"不如这样吧。"荒安君眯着眼睛凑近三分，"我之前卖了一个货，不小心卖错了，你帮我把这个货换回来，我们之间的账就一笔勾销。"

"这么简单？"

"就这么简单！"

童四月内心一阵雀跃！还账有望了！

"等等！"童四月好像想到了什么。

"你上次在陈家铺子里说的……不会就是那个吧？"

荒安君点点头："记性还算不错。"

"乔菲菲是明星哎，我根本没办法接近她！而且你说的什么'美貌'什么'善良'，这种东西到底要怎么换啊？！"

本以为马上就要脱离苦海的童四月，陷入了新一轮的崩溃当中……

荒安君从随身携带的兽甲里倒出一颗绿色的珠子。

"'善良'的那一颗珠子是蓝色的，美貌的是绿色的。你只要让她吃下这颗绿色的珠子，蓝色的自然就会从她体内出来，你的任务就完成了。但是你记住，这一切都要偷偷进行，千万不能让她知道，她拿错了东西。"

"她知道了会怎样？"

"如果她知道了,你这个任务就失败了,那么你的账我也不会给你消掉。"
　　"为什么不能让她知道她拿错了货?"
　　"咳——因为,我是不能犯错的。"
　　……

第三章
毛脸怪物

还是多笑笑好,本来就丑,苦着个脸更丑了。

1.

《敦煌天仙》的拍摄现场,人头攒动,今天有特别重要的一场戏。

男主角和女主角经历了相遇相识误会后,双双掉落悬崖。在崖底以为没救了的男女主角互相袒露了心声,在人之将死的绝望和得知对方心意的幸福中,矛盾、冲突、纠结所有的情绪累积在一起,最终爆发,一夜之后,男女主角终于确认了关系。

为了这场戏,辰时州已经健身两个月,本来就是标准身材的他,现在更是拥有漂亮的八块腹肌,衣服一脱,全场迷妹都忍不住尖叫。

乔菲菲的经纪人王小花更是没有职业操守地掏出手机狂拍,不顾乔菲菲的嫌弃露出花痴表情:"他是谁,辰时州哎!国内最红的偶像明星!

不拍白不拍！"

乔菲菲远远地看过去，聚光灯下那张无可挑剔的脸，配上一米一的大长腿，真的好像漫画里走出来的人。

辰时州在国内的人气可以说是好得爆棚，乔菲菲和晴伊伊也算是当红小花，但这部戏除她以外所有演员的粉丝加在一起再乘以十都远不及辰时州的粉丝多。

除了完美的外形和过硬的演技外，明明可以靠脸吃饭的辰时州还是家族集团的唯一继承人。他家的产业遍布全球，随随便便一个投资也是上千万。

以至于辰时州从出道起，就不用像其他新人一样，需要阿谀奉承讨要角色，更不用去陪酒、拉投资和被潜规则。

在其他人都被现实打磨得圆滑暗淡后，他依然保持着洁净的眼神和桀骜不驯的心气，工作时拼尽全力，收工后却不跟任何圈内人私交，不管是多大牌的媒体记者，一样拒绝采访。

这样冷淡又强硬的性格反而受到了更多人的喜欢，粉丝团铺天盖地异常强大。

离开拍还有十分钟，辰时州已经准备妥当，换好戏服坐在场地上等着开拍了。晴伊伊更是一反常态，早早化好妆，等在现场。

见到辰时州，晴伊伊甩开助理主动迎上去："辰哥，你来了啊！"

辰时州轻轻地点了点头，站在自己的位置上等着开拍。

两位大牌都到了，导演开始讲戏："你们就把这个摄影棚当成崖底，喏……"导演踢了踢旁边一块空地，"到时候拍出来，我们会用电脑合成一只死去的猛虎。伊伊，你待会儿啊，先扑到这只猛虎……"导演又在空气中比画了一下，"扑到它身上哭，要呜呜呜哭得撕心裂肺的，边哭边喊：'风刀，你这个浑蛋！你害死我们全家，现在追影也死了，我们在崖底也回不去了……'"导演捏着嗓子学晴伊伊声音的样子，把大家逗乐了。唯独辰时州不笑，认真地听导演讲戏，该怎么演他心里已经有底。

"等伊伊开始哭呢，时州你就走过去这么安慰她。"导演抚摸着晴伊伊的背做示范，"摸着摸着你就这么扳起她的脸，然后再慢慢地俯下身，去亲她，亲的时候要稍稍侧身让镜头拍到，明白吗？先亲几秒钟，然后晴伊伊再反抗推开时州，时州再爆发，猛地把伊伊拉到怀里……"导演连比带画一人分饰两角，"你们俩亲的时候，后期会加一些音效，狂风大作雷雨交加的那种。你们体会一下这个情绪，就是你深爱着的人因为误会杀了你全家，你又恨他又爱他，本来已经下定决心离开，但却意外掉落崖底，在临死之前，所有的道德啊、恩怨啊，都不重要了，反正都要死了，就痛快一次吧！这个吻混合着情欲、道德、爱情、生死，所以演的时候要吻得缠绵悱恻！每触碰一次都要更深入！OK吗？"

导演似笑非笑地看着晴伊伊——剩下的缠绵的戏就不用我教了吧。

晴伊伊跟导演交换了一个眼神，做了一个 OK 的手势。

灯光摄像都各就各位，晴伊伊斜躺在一堆模拟碎石的绿布里，按照导演的要求趴在上面开始哭。

不得不说晴伊伊能这么快红起来，也是有道理的，认真起来她的演技是国内流量小花里拔尖的，不一会儿，大家就被她带得入戏了。

乔菲菲远远地看着，因为有激情戏的原因，摄影棚内不相关的人都被要求离场，除了导演摄像外，现场就只剩下为了连戏要求留下来学习的乔菲菲。

乔菲菲站在导演边上，看着监视器里男女主角的一举一动。

晴伊伊趴在一块绿布上声嘶力竭："风刀，你这个浑蛋！你害死我们全家，现在追影也死了，我们在崖底也回不去了！"

辰时州走过去，所有人都以为他会居高临下地扶着晴伊伊的肩膀，可他却慢慢蹲了下来，蹲在晴伊伊的脚边，用一种半忏悔的姿势对着晴伊伊演的女主角说："七生，你看着我，听我说，不管是生是死，我都会陪在你身边。俗世之中我能保护你不让你受委屈，黄泉路上我也会替你开道，孟婆汤我先喝，奈何桥我先过，有我在，你什么都不用怕。"

镜头前，晴伊伊饰演的女主七生，慢慢回过头来，止住了眼泪。

镜头外，乔菲菲却湿了眼眶。

辰时州的演技太好了，所有人都被他带入了剧情，为了这对亡命鸳鸯的命运所唏嘘。

就在棚内的人都沉浸在辰时州所营造的悲悯气氛之时，辰时州已经扳过晴伊伊的肩膀，深情地凝视着她的泪眼。

曾有媒体这样形容辰时州的眼睛——如暮时秋水，如皓月寒星。

乔菲菲却觉得他的眼睛像是她曾去过的苦海湖的湖底，幽蓝、深邃，包含着数不清的故事。无数人为他漫画一般的颜值着迷，乔菲菲却觉得他的眼睛才是他身上最好看的地方。哪怕这双好看的眼睛此时正望着她最讨厌的晴伊伊。

乔菲菲叹了口气，连她自己都不知道自己为什么会叹这口气，辰时州是男主角，晴伊伊是女主角，辰时州深情地凝视着晴伊伊不是理所应当的事吗？她不应该为辰时州的演技而喝彩吗？她心里那点酸酸的情绪是怎么回事呢？

她苦笑了一下……

监视器前，辰时州捏着晴伊伊的肩膀，慢慢俯下身……他在晴伊伊的耳边深深吸了一口气，像是想要努力克制某种情绪。晴伊伊也微微地偏头，带着泪眼迎上"风刀"的目光，没有半点犹豫，那张罂粟色的唇滚烫而霸道地贴了上去，晴伊伊被他吻得晕头转向毫无招架之力，身子更是顷刻间酥软得不像话。如果不是辰时州用手托着，她早就瘫软在地……

正当所有人都为辰时州的演技暗暗叫好时，导演突然喊了一声"卡"！

话音刚落，刚刚还深陷情欲不可自拔的辰时州，瞬间像变了个人，礼貌而疏远的表情让所有人都惊叹。

"刚刚演得很好，但是呢，时州你的胳膊不小心挡了一下伊伊的脸，我想换一个角度重新拍一遍。"

辰时州点了点头表示无异议。

很快，第二个吻比一个更浓烈，辗转反侧，情意绵绵。

现场的其他人光看着都忍不住吞咽了几下口水，春色撩人啊！

但让所有人都大跌眼镜的是，在最激烈的时候，导演又喊了"卡"！

乔菲菲听到摄像师小声嘀咕："今天是怎么了，导演一个镜头拍这么久……"

导演反复"卡"了好几次都没让这一条过，在场的摄像师、灯光师都有些焦虑起来，但让人意外的是，平时最难伺候的晴伊伊今天却一反常态，没有任何不愉悦的表情。

辰时州倒是出了名的敬业，不管重拍几次都好脾气地配合，但只要导演一喊"卡"立刻就变得面无表情，也不跟晴伊伊交流。

几条都没过，导演挥挥手让大家休息一下，乔菲菲看着制片人拿着一杯运动型饮料朝辰时州走过去，中途好几个摄像师都看着他手中的饮料舔了舔嘴唇。然而他像是没看见一样,拿着那杯运动型饮料特别小心的样子走到辰时州跟前。

"时州啊,辛苦了,来喝杯水吧。"

乔菲菲想到昨晚她在楼梯间听到的那些对白:激情戏,多亲几次,外加……加了药的饮料!

乔菲菲想都没想就一个箭步冲上去,伸过手一把抢过那个杯子,没等制片人反对就咕噜咕噜一口气喝完了,喝完还舔了舔唇。

"我太渴了,时州哥不喝,我就帮他喝了吧,谢谢您。"

在场所有的人都愣住了,乔菲菲疯了吗!怎么这么不懂规矩,居然抢制片人端给辰时州的水!几个大灯烤着,这里谁不渴啊!

几个经纪人和摄像师都嘀嘀咕咕发出了一些细碎声响,低声议论乔菲菲的鲁莽。

制片人嘴上说着"没事,没事,菲菲渴了,就菲菲喝吧,我等会儿再去倒一杯",脸色却阴沉得可怕。

辰时州饶有兴致地看了乔菲菲一眼说:"不用了,我不渴。"

导演似乎也有点尴尬,挥挥手说:"开拍开拍,各单位各就各位。"

乔菲菲的经纪人王小花更是吓得不行,赶紧拖着乔菲菲往外跑。乔菲菲出摄影棚前,用余光扫见,站在绿布前的晴伊伊脸似乎也被绿布衬得变了色,仰头抬眼,面无表情地盯着她。

乔菲菲被盯得心里哆嗦了一下,接着就被王小花拽出了摄影棚。

2.

酒店松软地大床上,乔菲菲郁闷地躺成了大字形,望着天花板发呆。

回来的路上经纪人的王小花痛心疾首地数落了她一通,期间还好几次伸手摸她的额头,问她是活腻了还是发烧了,不然怎么会白痴到去抢辰时州的水。

乔菲菲想跟王小花解释她昨晚听到的事,但话到嘴边又咽了下去,说了又有什么用呢?她既没证据,也没亲眼见到说话的人是导演和制片人,而且万一是别人开玩笑怎么办?万一是她听错了怎么办?

乔菲菲想到自己出摄影棚时,晴伊伊那嘲讽的眼神,心中就懊恼不已。

更让她郁闷的是,王小花告诉她,今天是重头戏,制片人早早地就通知了各大媒体来探班,本来想炒一下辰时州和晴伊伊的CP,结果被她这么一闹,现在各大新闻头条都是"过气咖乔菲菲,目中无人抢辰时州水喝""双女争'州'从戏里争到戏外,连一杯水都不放过",还有一些另辟蹊径的媒体写"乔菲菲减肥失败,争抢水杯蝴蝶袖直晃""过气肥菲追男不成欲往杯中吐痰"……

Excuse me!她身高一米六八都减到九十六斤了,还叫肥!

乔菲菲觉得这些媒体简直是要逼得她喝空气!

最过分的是,还有一些微商也趁火打劫"眼疾不是病,拿错水杯真要命——《本草纲目》治疗近视眼""治疗口渴、口臭、尿频、尿急——一杯就好"……

治疗口渴口臭的广告还把乔菲菲抢杯子急着喝水的照片P了上去，乍一看还真像她在代言。

乔菲菲气得吐血，不愧是新媒体时代，资讯传播的速度像火箭一样。

从她抢水到现在不过才二十分钟，各大娱乐网站已经纷纷登出这条新闻，更要命的是那些照片连P都没给她P一下，各种仰拍又胖又丑，对比面色如画的辰时州，她简直是面如菜色的大妈，偏偏这样劲爆的新闻转发率高得惊人，一下子将热门头条都占满了。

乔菲菲所属的经纪公司的股票直接下跌了一个点，公司的官网更是被辰时州的粉丝攻击到瘫痪。

乔菲菲吓得不敢上网，也不敢接电话。几分钟之内手机上多了二十几个未接来电，有经纪公司，有代言的厂商，有王小花……她一个都没敢接，直接将手机卡拔了出来，躺在床上发呆。

酒店的时钟发出嘀嗒嘀嗒的声音，乔菲菲躺在床上辗转反侧，有点困却又睡不着，头有点疼，嗓子也干得难受。下床找了找烧水壶，里面是空的，冰箱里的纯净水也喝完了，她干得受不了，又郁闷得要死，干脆开了一瓶红酒自顾自地喝了起来……

不知道是心情郁闷的时候不适合喝酒，还是这瓶红酒的度数特别高，总之才不过半瓶，她就头晕得厉害，迷迷糊糊地做起梦来：梦里她穿着一条丝质的拖地长裙，在苦海湖边散走，赤脚踩在柔软的沙滩上，海浪一下一下席卷着她的脚踝，痒痒的，却很舒服……走着走着对面来了一个人……暮色的湖光映在他的脸上……好看得像画一样……

　　她真的热得受不了，一只手拿着红酒，一只手扯衬衣的扣子，扯了半天才扯开三颗，手一松，红酒泼在胸前……

　　辰时州开门进来的时候，乔菲菲半散着头发，衬衣扣子解了一半，胸前的衬衣都被红酒浸透了，手上还拿了一个空的酒瓶，晃晃悠悠地冲着他傻笑，还没等他说话，她就径直走过来一把钩住他的脖子，辰时州连喊一声的时间都没有，就被花了妆的红唇堵住了嘴……

　　辰时州收工之后让经纪人打了乔菲菲好几个电话，结果都打不通，干脆就想来看看怎么回事。铺天盖地的新闻他也看到了，本来是想来安慰一下乔菲菲，结果怎么敲门都不开，怕她有什么意外，跟酒店要了一张房卡进来看看，谁知道刚走到门口就……

　　辰时州头脑一片空白，想推开乔菲菲，但他根本没有机会，粉红柔软的舌头贪婪地在他嘴里索取着一切……拿着酒瓶的手也不安分地在他结实的肌肉上滑动……顺着他的衬衣一路往下探索……

　　虽然辰时州拍过不少吻戏，但其实他从来没谈过恋爱……

他有轻微的洁癖，除了拍戏以外，平时交往中都跟别人保持一段距离。

这一次却被乔菲菲强迫……

波罗的海的琥珀香薰混合着乔菲菲嘴里的红酒味，辰时州被乔菲菲一路进攻，内心从惊愕变成愤怒、从愤怒变成叛逆、从叛逆变成好奇……他渐渐放弃了抵抗，甚至……反客为主起来……

第二天早上，乔菲菲睁开眼睛的时候差点吓得晕倒！

地上满是衣服，她一丝不挂地躺在一个男人的怀里！

这个男人……好像……还很眼熟……

辰、时、州！

乔菲菲用力闭了一下眼睛，该不会这么倒霉一大早就做春梦吧！

任凭她眼睛眨得眼皮都要抽筋，眼前的一切还是没有变！她又用力掐了掐自己的脸——疼。

不是做梦！

乔菲菲吓得大气都不敢出，小心翼翼地呼吸着……

对方却好像很自在，双腿跟她的腿缠绕在一起，手自然地搭在她的腰间，婴儿一样柔嫩的脸贴着她的发丝，长长的睫毛微微颤动。

乔菲菲感觉自己要晕倒了！这到底什么情况？

为什么辰时州会在她房间里？！而且！好像！他们还……

乔菲菲低头看了一眼被子里自己一丝不挂的身体，郁闷得差点哭出声。

到底是什么情况？！

自己被外星人劫持了吗？

怎么自己什么都不知道就……

乔菲菲的内心翻江倒海，各种可怕的场景像电影一样在脑海中划过，眼睛也没闲着，偷偷瞄了几眼……辰时州的皮肤真白啊，这么近都看不到一点瑕疵，身材也是极好的。

乔菲菲被自己脑海中一闪而过的念头吓了一跳，想什么呢你！人家皮肤好关你什么事！赶紧逃走才是！

乔菲菲屏住呼吸，慢慢、慢慢地将被压住的腿往外抽……

好不容易成功地将腿从辰时州的腿下抽出来，乔菲菲换了一口气又轻轻地侧身想要从搭在腰上的手底下溜出去……眼见着就要成功了……她突然一抬头，发现不知道什么时候辰时州已经醒了，正睁着眼睛看着她……

乔菲菲吓得一声惊叫，用被子卷着身体滚到床边……

辰时州像是没睡够的样子，慵懒地打了一个哈欠，伸出修长的手臂，一把将乔菲菲拽回怀里，笑眯眯地看着她说："怎么，睡完就想不负责？"

"你……"乔菲菲内心在咆哮"什么啊，我什么都不知道"，但她在面对辰时州桃花一样细长的眼睛和近在咫尺的呼吸时,实在没法好好说话……

"你什么?"

辰时州的脸又贴近了一点。这样一来,他们之间的距离大概不到十厘米了……

乔菲菲被他圈在怀中,脑海中一闪而过的念头竟不是"流氓"而是"这么近会不会被他看到脸上的毛孔……皮肤会不会显得很差"……

乔菲菲羞得低下头来,恨不得像鸵鸟一样把自己埋在沙子里……却不想自己这个动作让她整张脸都贴到了辰时州胸口……

他们之间的距离由十厘米变成了零……

温热的呼吸挑拨着她敏感的神经,辰时州像个贪嘴的婴儿一样在她耳边来回厮磨:

"告诉你……一个秘密……"

"嗯……"

"这是我……第一次……"

"……"

"所以……你完蛋了……"

乔菲菲还没有反应过来,一个吻就落在她的发间。

辰时州十分宠溺地亲了亲她的头,手又坏坏地在她腰间占了点便宜,这才放过她说:"好了,快去洗澡,你今天还有戏要拍。"

3.

《敦煌天仙》的第 108 场,导演在边上讲戏,乔菲菲却恍恍惚惚一个字都听不进去,她不知道自己怎么从酒店走过来的,王小花从头到尾在她耳边念什么她也不知道,她只知道她的衣服被红酒打湿,现在戏服里面还穿着辰时州的衬衣。

她潜意识里觉得这一切都是做梦,但身体的感官却纷纷证明这是真的——腰上仿佛还留有他手上的余温,鼻子里还萦绕着他发间好闻的薄荷气息。该死!明明洗过澡了啊!

乔菲菲甩了甩头像是要把这些气味都从脑海中甩掉。

导演轻轻地咳了一下:"菲菲,你是不是身体不舒服?"

乔菲菲赶紧收回神思,努力集中注意力听导演讲戏。

"这一场呢,是菲菲你演的这个阮紫衣已经黑化了,整个武林视你为敌,各种武林高手跟你过招,但因你吸食了众多武林前辈的真气实在太过强大,武林高手在你面前都不堪一击。就在整个武林即将被你毁灭之时,时州演的风刀站了出来,在你出手的最后一刻,他突然冲出来挡在一众武林高手的前面。这个时候,时州你的眼神很重要,你要看着菲菲,要用你的眼神让"阮紫衣"回忆起,你们曾经在一起的点点滴滴,这个时候你的眼神就是最强大的武器。"

　　导演舔了舔发干的嘴唇，又转过脸来扶着乔菲菲的肩膀："时州看着你的时候，你的表情也很重要！虽然你脸上化着黑化了的妆，但那一瞬间你的表情要显示出你突然心软……因为你回忆起了你们曾经在一起度过的美好时光……这些回忆打动了你，让你在最后一刻强行收回招式……就在你松懈的这一刻，武林各大门派将刀送入你的胸口……"

　　导演连比带画讲了二十分钟，乔菲菲思维在线的时间不足五分钟，其他的时候她都在纠结和生气：为什么发生了这种事后，她这么紧张，而对面那个人却好像没事一样！到底是他心理素质太强大，还是根本没当回事？

　　她正愤愤不平时，余光突然扫到，对面的男人趁着一个空当对她快速地眨了眨眼睛。

　　完蛋了……这下更没法集中注意力了！

　　灯光摄影全部到位，随着导演的一声"Action——"，刚刚还趁着别人不注意用眼神调戏她的男人瞬间进入角色，每一句台词、每一个眼神都异常到位，她也被他带得把注意力全集中到剧情上。

　　乔菲菲饰演的阮紫衣被威亚吊在半空中，她在绿布前挥动衣袖，随着鼓风机的吹动，她的发带顺势滑落，一头雪白的发丝四散开来……

　　"你负我一时，我杀你一世；你负我一双，我灭你九族；天下人皆负我，我便杀光整个武林！看还有谁敢跟我作对！"

随着阮紫衣双手落下，展衣身后，万剑齐发，射向一众武林门派。

但让她万万没有想到的是，负了她的那个男人突然挺身而出，站在了最前面……她轻抿着嘴，就那样站着一动不动地看着他。

乔菲菲又想到了媒体对辰时州眼睛的描述——如暮时秋水，如皓月寒星。

这个男人是妖精吗？怎么可以这么好看！

不管是戏里的阮紫衣，还是戏外的乔菲菲，内心都为他颤动了一下。

暮色中，阮紫衣仰天长笑，一滴泪从她狂笑的脸边滑落，纵然我有对抗整个武林的力量又怎样，却还是输给了你，罢了——

大袖将起，万剑回炉，阮紫衣应声而倒，武林各大门派趁机全力而出……

不知道过了多久……久到日落西山，最后一道光影在暮色中淡去，血红色的宫墙上插满了数不尽的长箭，唯中间一块空荡荡，映出一个女人落寞的身形……

一代女魔头至此陨落……

"好！"

随着乔菲菲饰演的阮紫衣慢慢闭上眼睛，导演一声叫好，无数掌声在现场响起。

"恭喜菲菲杀青！"

"太完美了！"

赞扬声和口哨声在摄影棚里此起彼伏。

被威亚吊在半空中的乔菲菲和远处化着戏妆的辰时州交换了一个眼神，偷偷笑了。

明明是一场悲壮的戏，不知怎的竟然拍出了一丝甜蜜的滋味，可能……是演对手戏的人太好看了吧……

乔菲菲被自己的花痴想法吓了一跳，女人果然都是被"睡服"的，才一个晚上她的审美就跟王小花一样了。

不过好开心啊！自己的戏份终于拍完了！如果不是还被吊在半空中，乔菲菲恨不得开心得跳起来。

导演冲着武行招了招手："快把我们菲菲放下来吧，辛苦了，辛苦了……"

威亚慢慢悠悠地下降……

让所有人都没有想到的是，在离地面还有三四米的地方，明明很牢固的威亚突然"咔"一声，断了！

乔菲菲连尖叫都来不及就直直地从空中掉下来——

所有人都吓得屏住了呼吸，辰时州却第一个反应过来一个健步冲上去，不偏不倚刚刚接住了乔菲菲。

现场的人都惊呆了，有对突发事故的后怕，但更多的是对平时以冷漠闻名的辰时州的转变——他紧紧地抱着乔菲菲,漂亮的眼睛里,折射出紧张和心疼的光。探班的记者看到这一幕像疯了一样不顾辰时州经纪人的阻拦拼命拍照,辰时州本人却毫不避讳,在晃得睁不开眼的闪光灯中,附在乔菲菲的耳边轻声说道:"别怕,有我在。"

4.

苦海市的警局内,童四月正愁眉苦脸地盯着屏幕,她完全没想到淘宝上一张"《敦煌天仙》观摩拍摄现场粉丝探班福利"的门票这么贵!

追星的代价真高啊!童四月无奈地趴在桌上,该怎么办呢?混不进剧组就接近不了乔菲菲,接近不了乔菲菲就无法跟她换回"奸商"卖错的货,换不回奸商卖错的货,她的账就不能一笔勾销……

童四月看了一眼今天刚发下来的工资条,又想了一下五亿的欠款,绝望地哀号了一声。

哀号声还没落——

"砰——"斐小婕推门而入,"你还有空在这儿淘宝!我连座位都没有了!"

"你又不是我们警局的在职人员,没有座位很正常啊!"童四月垂头丧气地回答。

"但本来墙边的那个空格子间一直是我坐的啊!我笔记本、数位板都搬过来了,现在却被那个讨厌鬼抢走了!我怎么办啊?!"

童四月抬头看了看斐小婕气歪的脸，有气无力地说道："我有什么办法，人家是正式的实习生，你只是一个蹭剧情的黑户，不赶你出去就不错了，哪还会给你安排单独的位置。现在只有一个空位置当然是给他坐，要不然你跟他商量下一起坐？反正那个格子间有三米多，坐你们两个足够了。"

斐小婕气得直跺脚："你还是不是我闺蜜啊！这个时候居然不徇私枉法！"

童四月扶额，斐小婕你有时间能不能多看点书，不要乱用成语。

正说着，宇文胄推门进来："'徇'什么啊？你们说什么呢，这么热闹？"

童四月顿时脸更黑了，要是被宇文胄这个死脑筋听见，跳进黄河都洗不清了！她想了半天终于憋出一个借口："呃……寻……寻……巡视，巡视旺发！对！就是巡视旺发！斐小婕说她白吃了我们这么多顿有点不好意思，想帮点忙，去对面的旺发超市巡逻。"

"哦？是吗，小婕终于良心发现了啊！正好兰搏第一天上班，要在那附近执勤，你们一起吧。"宇文胄笑眯眯地看着斐小婕。

斐小婕无法拒绝，只能皮笑肉不笑地在童四月屁股上狠狠地掐了一把！

旺发超市里，斐小婕终于感受到了什么叫度日如年！

跟着一个傻子一起巡逻，简直比杀了她还难过。

最近一阵子，有群众举报旺发超市有变态"遛鸟侠"出没，吓坏了不少女顾客，因为案子不算严重，所以局里派了兰搏这个实习生来巡逻，一旦发现可疑人士就上报。

斐小婕本来想着只是为了应付宇文胥，在超市随便逛逛，结果兰搏这货不知道哪根筋搭错了，非要她在前面走，自己鬼鬼祟祟在后面跟着，说什么这样可以把"遛鸟侠"引出来……

假装不知道后面有人跟着在前面走就够蠢了，还要被当成变态色魔的诱饵，斐小婕在心里把兰搏骂了一万遍！

到底有没有带脑子啊？让我一个如花少女当诱饵！被色魔拖走了怎么办？你赔得起吗？！

不知道是不是内心的想法被兰搏听见了，兰搏突然拽过她说："小姐，你能不能走得自然一点？你这样东看一下西看一下，不知道的人还以为你是来超市偷东西的呢。"

斐小婕震惊了！让她当诱饵不说还挑三拣四！

这货有什么脸说她！说是出来巡逻，结果穿了双荧光球鞋配大花T恤，哪个便衣执法人员像他这么高调啊！

为了大局不跟傻子计较，斐小婕在心里安慰自己一百遍，却没想到她没吐槽兰搏，兰搏还反过来嫌弃她！

明亮却让人讨厌的眼睛在她身上上下下地打量,完了他还冷哼一声:"穿得这么土,难怪走了这么久'遛鸟侠'都不上钩!"

"你一个非主流说我土!"

"你……你说谁非主流!这是潮牌!你懂不懂?"

如果不是超市的工作人员阻拦……两个之前就有过节儿的人差点又要打起来。

超市的工作人员看他们俊男美女在超市里鬼鬼祟祟地转了几圈又不买东西,以为是小两口闹矛盾。眼看着两人要打起来,工作人员更坚信了心中的推断,本着日行一善的原则,劝兰搏:"小伙子,这就是你不对了,什么事不能让着女朋友一点?"

斐小婕气得尖叫:"谁是他女朋友!"

兰搏也一脸嫌弃:"谁要找这个土妹!"

"哎呀,嫌女朋友土,就给女朋友买两套衣服嘛,我们这儿的衣服多的是。"超市工作人员冲着斐小婕眨眨眼睛。

斐小婕气得刚想说老娘才不要,又转念一想,不要白不要!干脆趁这个机会,选套贵的,让他放血!

想到这里,斐小婕瞬间变了张脸,笑容满面地扯着兰搏的袖子撒娇:"兰哥哥,我想过了,你说得很对,'遛鸟侠'不上钩都是我的错!我穿得太土了,因为我的土耽误了你抓贼立功,我觉得特别不好意思!为了弥补，我决定！允许你给我买衣服！"

于是乎，两人从巡逻变成了逛商场……

不得不说，兰搏的可怕审美真是没有辜负他直男的称号。看中的不是雪白的纱裙，就是粉红泡泡袖，每一件斐小婕都穿得肝颤，真是又贵又丑啊！

不知道逛了多久，两人终于达成共识，选了一套丁香色的小洋装，斐小婕从试衣间走出来的时候，兰搏的眼睛亮了。

"想不到，你这个讨厌鬼还长得挺好看！"

如果是平时听到"讨厌鬼"这三个字，斐小婕肯定会爆炸，但今天不一样，今天有新衣服，穿了新衣服什么忠言都逆耳啦！哦，不对！是什么话都顺耳啦！

斐小婕开开心心地在镜子前面照来照去，透过镜子可以看见兰搏已经站在柜台前买单了，忽然想到了网上的一句话，男人最帅的时候就是刷卡的时候，她捂着嘴偷笑，果然这货买单的背影比正面顺眼多了。

穿着丁香色小洋装的斐小婕就像一朵盛放的小花，走在超市里自信而轻巧，洋溢着笑意在各个货架前徘徊，好几个男顾客都偷偷用余光瞟她。兰搏跟在她后面，看着那些停留在她身上的目光，心里有些不爽却又有些得意：多亏了老子选的衣服！

没想到的是，走了一个多小时，斐小婕的腿都要走断了，遛鸟侠还没出现。斐小婕受不住跟兰搏说:"算了算了！'遛鸟侠'可能今天生病了不想来，我们明天再来演戏吧……"

兰搏虽然不甘心，但眼见着逛了一整天超市都快打烊了，只好说:"好吧，明天早点来，我不信抓不到他！"

听到终于可以收工了，斐小婕欢快地一跳。

往超市门口走去的她，突然觉得肚子有点异样，于是说:"等等我，我上个洗手间！"回头一看，见兰搏正疑神疑鬼地盯着一个搬货的大叔，就自顾自地走向洗手间。

旺发超市有些年头了，洗手间只有两盏昏黄的钨丝灯泡，光线不是很好。

斐小婕用纸包着指尖推开一扇黑黑的隔间门，还好里面还算干净。反扣好门锁后，她迫不及待地蹲了下来，在超市里走了一天了，早就憋坏了。

释放完后，斐小婕浑身轻松，突然，她听到隔间有什么窸窸窣窣的声音。没一会儿又突然停了，细碎的响动让她无由的脊背发凉，顺着声音的源头，斐小婕抬头望去——一张黄色的、毛茸茸的脸趴在厕所的隔板上，黑黑的眼睛死死地盯着她——

"啊啊——啊——"

巨大的恐惧像一只无形的手掐住了她的脖子。

斐小婕用尽全力却只发出了几声沙哑的尖叫。

毛脸人听到叫声,"砰"的一声从隔板顶端掉了下去,慌慌张张地往外跑……

门外兰搏正抽着烟玩手机,突然听到斐小婕的一声尖叫,随即又传来一阵响动,只见一个罩着头套的高大身影从洗手间里跑了出来,差点把他撞倒。

兰搏跳起来就去追,前面的人开始还闪躲,后来体力不支,越跑越慢,在一个拐角被兰搏从身后飞踢一脚,踹倒在地……

兰搏刚刚实习第一天,也没分配手铐,只能从腰间抽了自己的LV皮带把对方捆了起来。

等到童四月和宇文胄赶到的时候,兰搏已经得意地跟捆成粽子的嫌疑犯拍了N张自拍,用他的话说,他要记录下这历史性的一刻!

宇文胄拍了拍兰搏的肩膀,对他第一天上班就抓到嫌疑犯表示嘉奖。

兰搏更是满脸得意,把抓捕的过程添油加醋戏剧夸张地形容了一番。

只有童四月觉得哪里不对劲,突然她想到了什么皱着眉头问:"你不是跟小婕一起巡逻吗,她人呢?"

仿佛被一盆凉水从头顶浇灌下来,兰搏惊出了一身冷汗,光顾着抓人怎么把斐小婕给忘了?

他气得拍了一下自己脑门,撒腿就往超市的洗手间跑。

跑到门口时，看见洗手间里围了几个人，兰搏心里"咯噔"一下，慢慢走过去，只看见斐小婕躺在地板上，身上盖了一件灰色的清洁工人的工作服。平日里机灵古怪的少女此时一动不动地躺在那儿，面色苍白，嘴角处有一个裂开的口子，像是一个恐怖的嘲讽，雪白的腿上沾染着暗红色的血迹……

兰搏缓慢地蹲下去，颤抖着揭开她身上的工作服，那件漂亮的丁香色的小洋装，此时已沾满了灰尘和污迹，背部的拉链完全被扯开，裙角处也被撕烂，变得残破不堪。

半个小时前还鲜活得像花一样的人，现在却像是一个被人狠狠蹂躏后又抛弃的布娃娃，毫无血色地躺在地上，双眼直直地望着天花板……

当这双无神的眼睛看到兰搏时，突然燃起了一股怒火，仿佛是用要尽全身力气似的，她恨恨地扇了兰搏一个耳光，随后，抱着赶来的童四月撕心裂肺地哭了起来……

5.

苦海市的警局内，宇文胄在审问嫌犯，童四月则破天荒地没有一起，而是待在医院静静地守着斐小婕。

经医生鉴定，斐小婕身体以及面部轻伤、性侵未遂，虽然没有到最坏的那一步，但斐小婕的精神受到了极大的刺激，一时半会儿无法恢复。

医院的病房内，斐小婕正在"大闹天宫"，一会儿拔掉输液管大喊，一会儿又缩在墙角哆哆嗦嗦地小声哭泣,自言自语地说着"不要靠近",眼神中充满了极度的恐惧……

除了童四月以外,其他的人只要一靠近她都会发狂地尖叫。童四月只好抱婴儿那样把她抱在怀里。

即使这样,一整天下来,斐小婕的精神也丝毫没有好转,订了她最喜欢的外卖她也一口不吃,只能靠输液维持着。

斐小婕虽然不是警局的员工,但因为是画推理漫画的漫画师,常常为了寻找灵感黏着童四月看她办案,一个月有十几天都泡在警局里。

再加上她人长得漂亮嘴巴又甜,警局上上下下都很喜欢她,就连脾气最差的炮局也拿她没点办法,经常被她气得吹胡子瞪眼,完了又被她三言两语哄得哈哈大笑。

大家谁都没想到,漂亮可爱的斐小婕会遇到这种事,炮局拍着桌吼三天之内必须找到凶手,宇文胄也捏紧拳头暗暗发誓一定要亲手将凶手绳之以法。

就连警局里打扫卫生的李阿姨听到这个消息也心疼得直掉泪:"造孽啊,好好的一个姑娘怎么就遇到这种事……"

深夜,童四月坐在医院的床头,抓着斐小婕的手轻轻地哼着摇篮曲,直到确定她已经睡着才偷偷地抽回手,轻手轻脚地起身……

刚刚走出病房,童四月就被地上的人吓了一跳,一个穿着电光蓝T

恤的少年蹲坐在门边，见童四月出来，他急急地站起来想要躲开，却又被童四月一把抓着肩膀扯了回来。

"你知道现在几点了吗？"

少年红着眼圈，点点头又摇摇头。

"快十二点了，你怎么还在这里？"

"我想问问你……小婕怎么样了……又不敢进去……"

"她现在睡着了，医生会看着她的，你回去吧。"

穿着闪耀的电光蓝T恤的少年撇撇嘴，想要说什么，哎了几下，最终还是什么都没说，捂着嘴压抑地哭了……

童四月怕被他带哭，微微别过头去："光哭有什么用，真的内疚的话，就好好回忆一下那时的细节，看有什么线索能帮助破案吧。"

差不多深夜一点，童四月才到家，一进门还没开灯，就看到一双绿莹莹的眼睛在黑暗中眨巴眨巴。

童四月蹲下来紧紧地拥抱了它："谢谢你还在等我。"

"能不能先做饭再温情，我都要饿死了！"一个冰冷的声音响起。

童四月"啪"的一声打开顶灯，胖塔吐着舌头乖乖地坐在门口，不远处的沙发里靠着一个灰色头发、穿中式衣服的男人。

童四月懒得理他，径直朝里走去。背后的男人不满地抗议："喂，我们一天都没吃饭了哎！你想饿死我们啊？"

"你误会了。"童四月从阳台的桶子里挖了一杯狗粮倒在胖塔的碗里,"不是你们,是你。"

一个天蓝的抱枕准确无误地砸到童四月的头上,接着又扔来一个黄色的,又一个条纹的……童四月的沙发上总共就四个抱枕,现在一个不落地全砸她头上了。如果是平时,童四月肯定要跟他拼命,但今天她没有心情,她甚至连地上的抱枕都没力气去捡,选择绕了过去,径直走进洗手间……

胖塔飞速地吃完了碗里的食物,看到主人不开心,舔舔嘴老实地趴到一边。

沙发上的男人脸色从多云到阴,又从阴转入黑夜。

最后脸黑得不能再黑的荒安君,站起来走进厨房……

二十分钟后,童四月正坐在沙发边上静静地擦头发,一碗葱花面被人轻轻地推到她面前,抬头一看,那货正用鼻孔对着她,傲娇得仿佛下面的根本不是自己。

"你会煮面?"

"跟《好太太厨房》学的,太无聊了,只能看电视。"

童四月想到荒安君在家看《好太太厨房》的场景,"噗"一声笑了出来。

看到童四月笑了,一人一狗终于松了口气。

"还是多笑笑好,本来就丑,苦着个脸更丑了。"

童四月捡起地上的一个抱枕砸过去，荒安君轻巧地躲开了，可怜的胖塔被砸中，哀嚎一声。

在医院陪了斐小婕一整天，斐小婕粒米未进，童四月也几乎什么都没吃，之前忙着一直不觉得饿，这会儿看到热乎乎的面条，胃不争气地翻滚起来，三两下就把面条吃得精光。

直到她吃完，荒安君才静静地问："发生什么事了？"

"小婕……她……"死死紧绷着自己，一整天都没有掉一滴泪的童四月，不知怎的，被荒安君这简单一问，弄得鼻子特别酸，一低头一大滴眼泪掉进面汤里，激起小小的水花。

她不愿意让这个讨厌鬼看到她现在的样子，低着头用手抓住他的衣角："你不是有什么特异功能吗？你帮帮我啊，帮我把时间逆转，让这一切都别发生啊！"

荒安君轻轻地叹了一口气。

等童四月哭声小了，荒安君才站起来，拿走了她面前的碗："我不是神仙，也不会特异功能，更不能让时间逆转。我只是一个商人，最多只能帮你把碗拿到厨房去，让你明天再洗，你今天可以不洗碗，可以崩溃，但记得明天又是新的一天。我只允许你任性一天，明天的碗你还是要自己洗……"

……

第四章
危险头条

听说她的尸体被找到的时候,整张脸都烂了……

1.

最近各大网站头条都离不开"乔菲菲"三个字。

不管是跟晴伊伊戏里戏外的明争暗斗,还是抢国民偶像的水喝,抑或是威亚断掉正好被辰时州英雄救美……

每一条都是吸引千万级流量的重磅新闻!

平日哪个艺人出了一条这样的大新闻都够经纪人乐半年了,乔菲菲这个过气女星却在短短一个月内,连出了三条,霸占了整整一个月的热搜榜,那些流量小花嫉妒得眼睛都发绿。

乔菲菲自然而然地变成了话题女王,随便发个微博也是几十万的转发。

虽然有不少辰时州的粉丝到她的微博下猛烈抨击，但她的粉丝也增加了好几十倍。很多关注她的人都说之前以为她是个高傲的女明星，看了她微博才发现她其实做了很多公益，是个善良又美丽的人。

乔菲菲的经纪人王小花原本是公司里的受气包，当时乔菲菲的人气急转直下，架子又不小，没人愿意接这个烫手的山芋，前辈们想着欺负新人，就把乔菲菲硬塞给她带。

原本王小花以为这下惨了，职业生涯可能要断送在这女人手上，却没想到接触了几天后，她发现乔菲菲并不像媒体说的那样目中无人，甚至算是一个非常好说话的明星。

更让王小花觉得幸运的是，最近乔菲菲像是走了狗屎运一般人气一路飙升，粉丝涨了很多不说，广告代言也像雪片一般飞来，找乔菲菲拍片的导演更是挤到了门外。就连她这个经纪人也跟着沾光，在公司的地位大幅度提升，新人们远远地看见她都会小跑过来毕恭毕敬地喊一声"小花姐"，真是爽到做梦都笑醒！

但让王小花不解的是，明明乔菲菲《敦煌天仙》的戏份已经杀青了，后面还有十几个广告和代言等着她，如此一寸光阴一寸金的时候，她居然答应了导演，去各个城市巡回宣传！

要知道这个宣传可是一分钱劳务费都没有的啊！

作为经纪人的她，简直扒拉扒拉算盘都心痛！

但乔菲菲就是很坚持，不但很坚持还很敬业，每个城市的宣传她都准时抵达，从未迟到，穿着十几厘米的高跟鞋，站在舞台上接受采访，一站就是一两个小时。采访的时候记者们再刁钻她也不恼，还换好几身衣服配合现场拍照，搞得媒体都对她赞不绝口！

一时间各大网站的新闻标题都变成了"女神乔菲菲人美心善慈善做不停""黑熊影展菲菲封神""乔菲菲和辰时州不配，难道你配？""艳压晴伊伊，女神还是老的辣"……

但不知道为什么，虽然之前被晴伊伊打压的时候乔菲菲特别讨厌晴伊伊，特别想反过来把晴伊伊踩在脚底下，但现在真的碾压晴伊伊的时候，她反而高兴不起来了。

二次爆红虽然是她想要的效果，可她有点心虚，觉得这一切并不是因为她的努力，而是因为她走了一条捷径，她在那个神秘的湖底买了"美貌"。

虽然她左看右看也看不出自己脸上的变化，但最近无论是谁见了她都要夸她容光焕发。

所以，她坚信交易起了作用。

对于使用了"邪门左道"的事，乔菲菲有点内疚，但转念一想"邪门左道"又怎样？毕竟是用她的所有积蓄换来的啊。乔菲菲这样安慰自己，可最近是怎么了，居然还同情起晴伊伊了，人家才不是小白兔呢，什么时候吃了自己都不知道，同情她，还是免了吧……

果然,在下一场苦海市的宣传中,晴伊伊就给了她一个下马威。

苦海市是旅游城市,人流量很大,《敦煌天仙》的剧组在全市最高级的商业中心里搭了一个两米高的舞台,打算做一次精彩的现场采访。

采访之前乔菲菲坐在化妆间里化妆,孔雀蓝的鱼尾长裙包裹着她修长的双腿,恰到好处地衬托出她迷人的曲线,一字形的领口露出漂亮的小锁骨,化妆师由衷地称赞:"菲菲姐你今天真是太美了,待会儿你一上台肯定是全场的焦点!"

化妆师话音刚落,化妆间的另一边就传来一声冷笑:"说是来做宣传的,包成个粽子哪有新闻,还是我牺牲一下吧。"晴伊伊说完一低头,啪啪几下就把一条全新的黑色丝袜,扯得破破烂烂。

不得不说,从小练舞的晴伊伊腿真是又白又直,脚上的黑丝袜被扯烂后不但不影响美观,反而增加了几分野性,十分抢眼。

晴伊伊吊着眼看了乔菲菲一眼:"包这么严也不怕闷得慌,以为是去参加老年健身团啊。"

乔菲菲对晴伊伊的挑衅选择视而不见,等到化妆师说OK了之后,才默默地起身。这时,所有人才看见那条漂亮的鱼尾孔雀蓝长裙的背面竟然是全镂空的,立体剪裁的渔网线条,一直开到腰窝,性感又不会太过,影影绰绰间透出乔菲菲白瓷一般的美背。

就连晴伊伊的化妆师也不由得惊叹:"太美了!"

晴伊伊气得瞪了自己的化妆师一眼，甩手先走了出去。

采访进行得很顺利，一眼望去舞台下一大半都是辰时州的灯牌，乔菲菲的人气也不错，很多辰时州的理智粉也由衷地称赞——"乔菲菲脸真小""反正我也睡不到辰时州了，他们在一起我也不反对"。只有小部分的狂热粉仍然不能接受，表示"不管是什么样的女人都配不上我们时州"。

主持人也是个人精，除了必要的一些剧情宣传外，大部分的时间都针对辰时州在提问，问的问题也一个比一个刁钻。

"时州，菲菲和伊伊都在《敦煌天仙》中跟你有对手戏，你觉得她们俩谁更好看？"

"我拍戏只看剧本，不看人。"

现场又爆发出一阵尖叫，粉丝们爱死了辰时州的面瘫和惜字如金。

主持人不甘心又抛出一个问题："《敦煌天仙》中有一场男女主角在崖底的激情戏，居说 N 机了很多次，想采访一下当时是什么情况，为什么会 N 机那么多次？"

按照之前商量好的台本，这个问题应该是由辰时州回答，他的答案是导演和他都对艺术精益求精，但让所有人都没有想到的是，晴伊伊抢着回答了这个问题："其实这场戏特别重要，所以我们在拍摄的时候都做了清场。但是不知道为什么拍到一半的时候，有人冲了进来，还抢了辰时州的水喝，这才导致我们拍摄中断，只好又重拍了好多次才找回感觉。"

之前新闻早就报道过乔菲菲抢水喝的事，现在晴伊伊这么一说，所有人都知道这个"有人"是指的谁，现场一片哗然。

主持人也有些尴尬，赶紧接话："时州的身材出了名的好，想必多N机几次也是一种福利吧？"

晴伊伊微微一笑："我们都很仰慕时州，不光是因为他外形好、演技佳，他的敬业也是出了名的，那场激情戏N机多次拍摄时间过长，好几个大灯照着，又因为缺水，后来回去他就中暑了，吐了一晚上。但他第二天还是坚持继续拍戏，我们都应该向他学习。"

如果说之前的抢水还是有"据"可依，这个中暑真的就是无稽之谈了。

但现在是直播，乔菲菲也不能跳出来解释，只能任由这盆脏水扣在自己头上。

这样一来辰时州的粉丝不干了——本来就不待见你跟我们"爱豆"炒绯闻蹭热度，居然还害得我们"爱豆"中暑！

晴伊伊的话就像一根引线瞬间点爆了死忠粉的汽油罐，台下有组织地齐声大喊："贱人乔！耍心机！蹭热度！红不起！"声浪一阵高过一阵。

一时间现场的气氛都尴尬到了极点，主持人也有点不知所措。

眼看现场快要失控，向来都寡言少语的辰时州站了起来，只轻轻点了一下头，沸腾的现场就瞬间安静下来，所有人都屏住呼吸支起耳朵想听听辰时州会说什么。

辰时州今天穿了一件精简的休闲西装配上改良的九分西裤，把他的腿拉得更加修长，他的声音不大，但每一句都说得坚定："我来回答一下你们的疑问吧。第一，那场戏N机那么多次，是因为我和导演都是精益求精的人；第二，那杯水是我给乔菲菲的，她并没有打扰到我；第三，我们俩现在还不是男女朋友关系，因为我在追求她，她还没有答应。"

全场鸦雀无声了三秒，随后爆发出了如同海啸般的尖叫，其中乔菲菲的经纪人王小花叫得最大声，她简直不敢相信这样一个好运砸到了自己主子头上。

冰山一样的辰时州当众表白乔菲菲？

这在娱乐圈是绝无仅有的事啊！

乔菲菲也被震得晕晕乎乎，从频繁上头条然后又莫名其妙跟辰时州睡到一起，再到辰时州表白，这一切的进展都超乎了她的预期，她有点不知所措，采访的后半段说了什么她都不在意了……

只知道采访结束后粉丝们仍然不肯散去，一部分辰时州的粉丝，开始激动地砸乔菲菲的灯牌，并且说乔菲菲是妖女，迷惑了辰时州，现场一度陷入混乱……

王小花急得团团转："看那些脑残粉的阵势，等会儿不会丢我们臭鸡蛋吧？怎么办？等会儿还有一个首映礼，要安全出去才行。"

让王小花没想到的是晴伊伊竟然走了过来，面带微笑地跟乔菲菲说："恭喜你啊，本来以为你已经过气了，没想到你还有这一手。"

今天的事已经闹得够大了，乔菲菲并不想跟晴伊伊在现场起冲突："你想怎么样？"

"我想怎么样，我想帮你啊！"晴伊伊指了指下面的粉丝，"看到没有，你现在出去绝对会被她们围堵的，堵着车子砸东西，别说按时到了，能不能完整地到首映礼的现场都不一定。"

看了看下面黑压压的粉丝，乔菲菲叹了一口气。

晴伊伊继续说："这样吧，这事呢，也跟我有关，我也不是见死不救的人，不如等会儿我跟你换车坐，你坐我的保姆车，这样粉丝就不知道你在哪辆车里了。"

王小花冷笑一声："还以为你真这么好心来帮我们，谁不知道车子的出场顺序代表咖位啊，你居然要抢在我们菲菲姐前面。"

晴伊伊瞥了王小花一眼："换不换随便你，到时候耽误了首映礼的流程别怪我没提醒你。"

"换！"乔菲菲咬咬牙答应下来。

晴伊伊掏出粉扑慢条斯理地补了一会儿妆，又自拍了几张完美的照片才笑着下了台。

十五分钟后，身穿一条三米长的拖地露肩礼服的晴伊伊在助手的搀扶下，坐上了那辆主办方为乔菲菲准备的加长宾利中，微笑着向窗外的记者和粉丝挥手。

"碧池——"王小花呸了一声。

乔菲菲皱着眉头看她。

"我是说鄙视！鄙视！"王小花赔着笑，假装轻松地看着乔菲菲，生怕她又受什么刺激。这两天发生的事太多了，辰时州的经纪人刚刚黑着脸从她们身边经过，还瞪了她们一眼。

晴伊伊这个小贱人得了便宜还卖乖，抢了乔菲菲的位置不说还这么高调。唉，可惜了乔菲菲这一身精致的牡丹亭仿古旗袍，只能被湮没在漆黑的保姆车里了。

如果是之前，乔菲菲肯定会为了出场顺序跟晴伊伊争得你死我活，但现在她好像不那么在乎这些东西了，她自己也有点不明白自己这是怎么了。

话说晴伊伊的保姆车还挺舒服的嘛，黑色的隔音玻璃，让她跟外界完全隔离，正好可以补个觉。

乔菲菲这一觉睡得特别好，醒来后发现自己还在车上，她以为只过了五分钟，一看时间却已经过了两个小时！

怎么回事？这个时间不应该是首映礼开始了吗？

为什么没有人喊醒她,而且车也停着没动?

乔菲菲环顾四周,发现保姆车上只有她和哭丧着脸的王小花。

王小花哆哆嗦嗦地跟她说:"菲菲姐,晴伊伊出事了……"

2.

童四月今天刚到警局,就觉得气氛不对劲,平时稀稀拉拉的警局今天站满了人。

炮局皱着眉头在那儿抽烟。

童四月偷偷问兰搏:"今天怎么了,这么多人?"

"发生大案子了呢,有人在苦海湖边发现一具浮尸,是当红明星晴伊伊!"

"晴伊伊……"童四月平时不怎么关注娱乐新闻,但这个晴伊伊她好像有点印象,是之前跟乔菲菲一起拍戏的那个爆红的新人,"有什么线索吗?"

兰搏摇摇头:"听说她的尸体被找到的时候,整张脸都烂了,就像这样……"他晃了一下自己怪物史莱克的手机壳,做了一个吸气的表情,"嘴巴到鼻子的皮肉都没了,而且她生前有被性侵。"

说到性侵,兰搏和童四月心都抽痛了一下,同时想到了斐小婕还在医院休养。

童四月拍了拍兰搏的肩膀:"这个案子B组会跟进的,我们现在的首要任务还是先破了旺发超市的强奸案，帮斐小婕找到凶手才行！"

兰搏张了两下嘴仿佛有什么话要说，最后还是放弃了，只递给童四月一份笔录："这是之前旺发超市这起案子嫌疑人的口供，嫌犯三十五岁，在超市附近的汽修店工作，因为家里条件不好，人又好吃懒做，所以一直没女人愿意跟他。他本身也有性怪癖，喜欢在公共场合裸露身体，我们对比了之前旺发超市的监控，之前别人举报的那几起'遛鸟侠'的案子都是他做的。"

兰搏停了一下，揉了揉眼睛又继续说："但他没有同伙，那天他看见斐小婕走进洗手间后，就关掉了水阀，并在洗手间门口摆了'停水检修'的牌子，想要进去非礼小婕，但他说他还在偷窥时，就被斐小婕的尖叫吓跑了……正好我在门口，于是就把他抓回来了……"

"也就是说他不是凶手，现在线索断了？"

"嗯，我用你教的方法看了宇哥审问的视频，我觉得他没有撒谎。而且斐小婕一叫他就跑出来被我抓住了，也确实没有作案时间，现在已经准备以猥亵妇女罪起诉他。"

童四月拿着兰搏递给她的文件，一言不发地回到自己的办公室。

两个月发生了三起强奸案，两死一伤。

童四月用手捂住耳朵，这是她思考和纠结的时候特有的动作，仿佛这样就可以让自己的心平静下来。

她明白不管是斐小婕的案子还是晴伊伊的案子,或者是之前吴陈恭的案子,都有很多的共同点。虽然斐小婕是性侵未遂,但凶手的出发点都是一样,被害人的脸上都遭受到了一定程度的破坏,留在受害人体内的精液、指甲里的皮屑都检验不出任何的DNA信息。

但吴陈恭的案子已经结案了,蓝玉现在正在监狱里服刑,怎么可能出来犯案呢?除非……

"除非……我们抓错了人。"不知道什么时候,宇文胄已经一脸苦笑地站在她办公室里了。

宇文胄递给童四月一杯咖啡:"我重新看了吴陈恭案件里蓝玉所有的审讯记录,发现一个重要的线索。凶手是个左撇子,而之前的监控录像里蓝玉用的是右手。"

"也就是说……"

宇文胄点点头:"也就是说我们真的抓错人了!真正的凶手还在逍遥法外。"

"可蓝玉为什么要承认自己就是凶手呢?"童四月不解问道。

"我查了蓝玉所有的信用卡记录以及通话记录,发现他在一年前就开始看心理医生,换句话说,他有轻微的精神分裂,他发病的时候,会潜意识地把自己幻想成另外一个人。他深爱着吴陈恭,不希望她被其他的男人侵犯，所以当我们找到他在所有证据指向他的时候，他就幻想自己就是那个犯罪分子，他把自己的爱想得过于伟大和惨烈，希望自己跟吴陈恭同归于尽……就算吴陈恭不死……他早晚也会杀了她……"

童四月不由自主地打了一个冷战，这样的爱好可怕。童四月担忧地看了一眼宇文胄："可是，宇哥你……"

"我知道你在担心什么，你在担心这么大的案子，现在要翻案，要承认我们抓错了人，我会被降职。"宇文胄带着疲惫的微笑摸了摸童四月的头，"就算被批评被降职也要去翻案，谁都会犯错，我们警察也是人，发现错误，及时改正才是最重要的，至于惩罚，我愿意一力承担……"

童四月鼻子酸了一下，用力地点了点头："我陪你一起！"

3.

下班之后时针已经又转了两圈，童四月还在警局里查看旺发超市的监控，希望能从监控里看到什么可疑的人。

除了被她发现兰搏和斐小婕一起逛街选衣服时互相看对方的眼神已经不再是厌恶了外，她并没有什么更多的收获。

连续长时间看两倍速监控，童四月头痛得不行，但她打算再坚持一下，滴了两滴眼药水休息了几分钟又继续盯着……

突然她看到一个熟悉的身影……荒安君……他那个时候不应该在家里躺尸吗？怎么会出现在监控里呢？一个连下楼买电都觉得掉身份的人

怎么会去超市？

不知道是潜意识作祟，还是职业习惯，童四月发现监控里只有荒安君进入旺发超市的影像，进去后，他就像蒸发了一样，在监控里消失了……

只进不出……难道他是貔貅变的不成……

与此同时，几公里外，窝在童四月家沙发上看韩剧的荒安君打了个喷嚏……

童四月抬头看了看表，八点半了，还有半个小时医院的探视时间就结束了，她赶紧收拾了东西拦了辆车往医院赶去。

才走到走廊上就听见斐小婕的病房里传来吉他乐声，还有一个好听的男声：

"嘀嗒嘀嗒嘀嗒嘀嗒／时针它不停在转动／嘀嗒嘀嗒嘀嗒嘀嗒／小雨她拍打着水花／嘀嗒嘀嗒嘀嗒嘀嗒／是不是还会牵挂他／嘀嗒嘀嗒嘀嗒嘀嗒／有几滴眼泪已落下……"

童四月透过窗口看去，竟然是兰搏，原来他还会弹吉他。

斐小婕此时安安静静地坐在床边，听着兰搏唱歌，双手垂在腿边，乖得像个布娃娃。原本六人的病房现在只有他俩，护士也不知道去哪儿了，只剩兰搏轻轻的弹唱声，略带忧伤的嗓音回荡在空气中……

童四月在窗口站了一会儿，轻轻地把斐小婕最爱吃的葡萄挂在门把手上，转身走了。

那一肚子的疑问都留着下次再问吧，虽然童四月比谁都想快一点抓到凶手，但她更希望斐小婕在此刻能好好地听完一首歌，暂时忘记伤痛。

不出所料，童四月回到家的时候，一人一狗都饿着肚子眼巴巴地看着她。

她又好气又好笑。这货在认识她之前是喝露水长大的吗？为什么总有一种离了她就会饿死的感觉？

"走吧，我请你们吃烧烤！"童四月拍了拍她那根本不鼓的包。

对面的男人眼睛亮了一下，随后又转过脸："不去。"

童四月伸出一只手拉着他的衣服把他拽了回来："不许不去。"

"是祂叔烧烤摊呢，他们家的烤海鲜特别有名，走吧，走吧，就在我们警局边上。"

胖塔已经迫不及待，主动叼了牵引绳等在门口，对面的男人也只好露出一副"既然你都盛情邀请了，那皇上我就试试吧"的样子。

上一刻还在家里，下一刻他们就已经坐在烧烤摊前了。

四十多岁的祂叔有点中年发福，常年拿着一个记菜单，短圆短圆的胖手好似与肚子长在了一块，远远看去就像是肚子托着记菜单。

童四月是他摊子上的老顾客了，这家烧烤摊离警局很近，警员们每次加完班都喜欢来这家吃点烧烤喝点啤酒。

童四月刚坐下还没开口,袘叔就笑眯眯地问:"五串鱼丸、一手板筋、半打生蚝、一份鱿鱼对不对?"

童四月点头:"袘叔记性真好!"

"美女爱吃的菜我怎么会忘呢?"一般的人这么说多少会显得有点轻浮,但袘叔比童四月大了十多岁,又长着一张和善脸,这样说反而有一种特别的亲切感。

他刚夸完童四月又转身看向荒安君:"这位是你朋友吧,他需要来点什么呢?"

荒安君皱着眉头,这个烧烤摊的腥味油烟味熏得他睁不开,挥挥手表示随便。

"给他来一碗蛋炒饭吧!"童四月悄悄侧过脸对袘叔说,"我这个朋友有点怪,你不用管他。"

"哎哟!"感觉有什么东西在桌子下踢了自己一脚,童四月可不吃这个闷亏,不动声色地又踹了回去。

桌子上两人都绷着脸,努力装着什么事都没发生的样子,桌子底下却暗潮汹涌,你一脚我一脚踹得不亦乐乎,童四月用手死死抠着桌子边,借此发力。

袘叔看着频频震动的餐桌,意味深长地笑了一下,年轻真好啊,吃个烧烤也活力满满的。他手一挥提了四瓶啤酒放在童四月坐的桌上:"送你们的,玩得开心!"

童四月有点囧,荒安君却满脸期待:"啤酒哎……老板,再来一只炸鸡!"

童四月嫌弃地看着他:"你不是什么都不想吃吗?"

"那是刚刚,现在想吃了,而且想吃啤酒配炸鸡。"

"你这套歪理是从哪儿学的啊?"

"电视剧里啊。"

一个大男人不工作每天在家看韩剧……童四月深深地同情了一下他未来的伴侣……

荒安君好奇又小心翼翼地咬了一口炸鸡,又赶紧喝了一大口啤酒,一本正经的仪式感逗得童四月直笑。

听见童四月的笑声,荒安君头都没有抬:"谁说我不工作,我不是正在催债嘛。"

靠!怎么忘了他可以听见别人心里说的话?!

童四月塞了几串牛筋给胖塔,又自顾自地吃了几颗鱼丸:"这些吃的不要钱啊,以后你吃的都从账里扣。"

荒安君发出抗议:"抠鬼!"

童四月回以两个字:"奸商!"

斗嘴间,食物被吃了一半,童四月喝了两瓶啤酒,荒安君喝了一瓶,胖塔舔了三分之一瓶，一人一仙一狗都满足地躺在木头椅子上晒月亮，享受着酒足饭饱带来的满足感。

突然，不远处的一阵谈话引起了童四月的注意。

那是一对情侣，男人看起来是个普通职员，女人二十五六岁左右，穿着一件包身裙，涂着口红的嘴唇一张一合，像在抱怨什么。

"都说了要你早点订票了！现在没票了，你开心了！"女人噘起嘴，埋怨道。

见到女伴不开心，对面的男人赶紧选了一个又大又肥美的生蚝递到她嘴边："哎呀，那个破电影有什么好看啊，我听说网上评分可低了。"

女人一边用筷子把圆滚滚的蚝肉连着蒜蓉一起扫进嘴里，一边口齿不清地说："谁要看剧情了，看 wuli 时州就够了啊！"

"不如这样……"男人把椅子往前凑了凑，不怀好意地圈住女人的脖子小声说，"不如啊，我们回家下个枪版，躺在床上慢慢看……听说啊，里面那个女主还挺有风情的……"

"滚滚滚滚——"女人装着生气的样子打掉脖子上的脏手，"支持票房懂不懂！"

"支持！支持！在床上支持不也一样吗……"

"我才不要呢，你没听说啊，演女主的那个晴伊伊前阵子死了，躺在家里看怪瘆人的。"

"死了？前几天我还看到电视上在放她代言的内衣广告呢。"

"广告都是提前拍的好不好，没文化！不过啊——"女人又刻意压低了声音，"我家有个亲戚在苦海湖旁边开了个小店，那天晴伊伊被潜水员捞上来的时候，他亲眼看见，她的尸体都僵硬了，就像……"女人做了个蹩脚的投篮姿势，接着说，"就像这样，背是弓着的，在担架上都放不平稳，一抬就滚下来了。而且她肚子一点都不鼓，证明她是憋死的不是呛死的，呛死的都会喝很多水，肚子会鼓得老高。最恐怖的是，她脸就像被什么咬掉了一样，缺了一大块，刚出水的时候还好，没过五分钟突然又冒出很多血来，把担架都染红了，特别可怕！"

男人想了一下："会不会是湖底水温太低，她的血凝固了，打捞上来经太阳一晒，热胀冷缩，她的血液重新流动了，才会满脸是血？"

"谁知道呢！"女人自己又拿了一个生蚝往嘴里送，"反正我是不会在家里看枪版的。"

"你说谁这么大胆，连明星都敢杀？"

"我怎么知道，我又不是福尔摩斯。不过啊，我看娱乐新闻都说她跟同剧组的乔菲菲不合，之前她们俩本来就是同一型，又是同一个公司，抢资源抢得特别厉害……"

不远处，童四月在心里嘀咕了一下，乔菲菲……不就是荒安君让她去换货的那人吗？

她竟然跟这个案子扯上了关系，干脆借着调查的时候把货换过来，不就一举两得了?

童四月继续支起耳朵,想听听还有什么来自群众的"线索"。

果然不负她所望,对面的女人一说开了根本停不下来,聒噪的声音清楚地传了过来。

"我还听说啊。"女人压低了声音,"晴伊伊惹了不干净的东西……"她掏出一部手机,上下滑动,"你看她的面相,眼距大,嘴唇薄,一看就是薄命相嘛!而且啊,我听说她八字忌水,她一直都特别注意不去有水的地方。之前有个真人秀邀请她去做节目,据说酬劳有六位数,但因为要潜水她都拒绝了。所以啊,我觉得肯定不是她自己去的苦海湖,她肯定是被什么东西拖去的……"

女人说得唾沫横飞,对面的男人却对她手机里的照片更感兴趣:"身材挺不错的啊,可惜了。"

"白痴!你翻的那张根本不是晴伊伊!"女人白了他一眼,似乎因为提到了"身材"这个词,刻意地吸了吸气把已经突出的肚腩收进去一点,"你看的这张是乔菲菲!你们男人的眼睛是不是白长的,这么个大活人也认不出来。"

"嘿嘿,脱了衣服都差不多……"对面男人带着油腻的笑容又伸出手在桌底下摸了一把。

"不过,晴伊伊长得跟乔菲菲是有点像。"女人拍开已摸上她大腿的咸猪手,想了想,"她们俩都是这种天使脸,又都是腿长腰细的魔鬼身材，唉，不过哪个女明星不是这样。"女人郁闷地看了看自己的肚腩。她眼前的这一打炭烤生蚝，转眼变成一盘空壳，闪着七彩的流光，像极了那些被炭火一样的生活烤得面目全非的人，即使内心犹如珍珠般五彩斑斓，也被湮没在烟尘之下，只能被当作街边的果腹小食，上不得台面……

在这个聒噪的夜晚，童四月用筷子拨拉着自己盘子里的生蚝若有所思。

而她身边身份疑点重重的怪异奸商已经沉浸在蛋炒饭中不能自拔，胖塔枕着老板送的大骨头安然睡去……

4.

第二天，童四月一上班，就看到审讯室外围了一大圈人，有熟悉的人，也有很多不认识的黑衣人。

一群年轻的警员挤在审讯室的玻璃门前举着手机，童四月问了几句都没人理，正巧兰搏拿着文件从门口经过，童四月把他一把拉过来问："怎么回事？"

如果换作以前，有热闹看兰搏肯定冲在第一个，现在他却对热闹熟视无睹，斐小婕的案子让他一夜之间成熟了很多："没什么，就是来了个明星在里面做笔录。"

"乔菲菲？"童四月抬头看了一眼，愣了一下，"她怎么会来？"

"调查晴伊伊溺水死亡的案子呗,查了通讯记录,死者的最后一通电话就是打给乔菲菲的,而且相传她们一直有过节儿,现在宇哥在问她案发之前的情况。"

"这个案子不是 B 组负责吗?"

兰搏挠了挠头:"宇哥去找了炮局,对之前'吴陈恭奸杀案'重新分析了,在监控录像里发现嫌犯左右手的差别,提出了新的证据,现在怀疑'吴陈恭奸杀案'的凶手和'晴伊伊溺水奸杀案'的凶手是同一人。"兰搏漂亮的大眼睛暗了一下,"甚至……宇哥怀疑伤害斐小婕的也是同一个凶手……"

"因为跟之前的案件有关,所以晴伊伊的案子就分到我们组了,是吗?"

兰搏点头。

不知道为什么童四月忽然有种恍然隔世的感觉,这个公子哥实习还不到两个月,却已经有了质的变化。

曾经的兰搏满身名牌、爱炫耀、爱装酷,一天到晚吊儿郎当,在经历斐小婕被强奸的事件之后,一夜之间变得异常努力,每天上班都是第一个到,有什么突发情况也不会不带大脑瞎推断,而是尽可能地协助大家。

斐小婕的事情就像是一剂拔苗助长的强心针,让他迅速地成长了起来。

因为内疚也因为责任，兰搏下了班没事就会去医院看斐小婕，给她弹弹琴唱唱歌，停下来的时候双方却不知道说什么，就一起发发呆；有时累了，兰搏也会趴在斐小婕的病床边眯一下，每当这时斐小婕就特别安静，像一朵柔软的棉花坐靠在床边，既不哼歌也不乱动，小心翼翼地保持着一个姿势，生怕惊醒了趴在床边打瞌睡的兰搏。

用兰搏的话说，因为他的鲁莽，给斐小婕造成了巨大的创伤，虽然他没办法让时间倒流，但他相信只要他努力，伤痕终究会被修复的，他一定要亲手抓住这个凶手！

从小家世显赫，在极致的宠爱中成长，兰搏的前半生，要风得风要雨得雨，人生顺利得甚至没有一个目标。

他从来不知道他想要什么，因为他什么都不缺。

但从那一天起，他突然清楚地明白，他的心里有了一个目标，就是要让斐小婕重新笑起来！

时光仿佛王母娘娘手中的珠钗，轻轻地划了一道就是一道银河，银河的两边是兰搏截然不同的人生……

5.

审讯室内，乔菲菲的对面坐着一位英俊警官，虽然这位警官问的问题既尖锐又刁钻，但她却一点都不讨厌他，她甚至想，如果这位警官不想再做警察了,她愿意介绍他进娱乐圈,毕竟这样英气的脸,要被更多人看到才是。

"晴伊伊被杀的前一晚你在做什么?"

乔菲菲想了一下,好像那一晚……她跟辰时州在酒店里玩枕头大战啊。明明第二天有个发布会,都说了自己要早点睡,那家伙却死皮赖脸地坐在她房间不走,还噘嘴卖萌,死死地抱住她的腰,她一气之下只好抓了酒店的抱枕去砸他的头……

谁知那家伙竟然也抄起旁边的一个抱枕,毫不留情地回击。

两人平时都是在荧幕前呼风唤雨的大明星,辰时州更是以高冷著称,此刻却像个天真的孩子在酒店的房间内跟她你追我打。

最后乔菲菲实在是累得动不了,才瘫在床上缴械投降,任由那个贪婪的家伙对自己为所欲为……

想到这里,乔菲菲脸红了一下。

她当然不能跟对面的警官说她是跟辰时州在一起,他们俩的关系还没有公开,公司正为这事焦头烂额,她不能坑了公司。

乔菲菲只好说:"我一个人在酒店里睡觉。"

宇文胄用笔点了点桌子:"也就是说,没人能证明你说的属实。"

乔菲菲点点头,用手捏了捏桌角。

这个细小的动作并没有逃过单面玻璃后童四月的眼睛,她做了一个审讯的疑点记录，乔菲菲的小动作透露出她，在这个问题上她很可能没有说实话。

其实在童四月的潜意识里，她相信乔菲菲是无辜的，她也说不上为什么，就是一种出于本能的信任。但她很清楚，这种本能的信任在办案中一点用都没有，办案讲究的是证据。

单从证据上来说，乔菲菲的处境不太妙。

首先，她跟晴伊伊有过节儿，这是全天下人都知道的事，算得上有杀人动机；其次，不管是案发当时还是案发前后，她都没有有力的不在场证据。

最奇怪的是，在审讯的过程中，她的回答多次前后矛盾，有明显的说谎迹象。

墙上的时钟嘀嘀嗒嗒绕了半圈，单向玻璃门外那些八卦的围观者已经被清空回位置，童四月也坚守着本职，用心地做着记录。

宇文胄问："晴伊伊最后一次出现在众人的面前，是你们在富海天地做的那场发布会，发布会结束后，你们要去望春路参加电影的首映礼，这些都对吗？"

乔菲菲点点头。

宇文胄又问："因为之前你的人气突然暴涨，所以你代言的某品牌厂商，特意给你安排了一辆加长的宾利，这个对吗？"

乔菲菲已经很疲惫了，但她仍然配合地点了点头。

宇文胄继续问："那为什么你会跟晴伊伊临时换车呢？"

"嗯……"乔菲菲垂着头轻轻地说，"那天采访的时候出了一点意外，引起了粉丝直接的骂战，很多辰时州的粉丝堵在门口，晴伊伊为了让我顺利出去就主动跟我换车，让我坐她的保姆车。"

"她会这么好心？"宇文胄冷笑了一声，把手边的资料翻开递到乔菲菲眼前，用笔点着标题"化妆室内再现大战，晴伊伊气哭乔菲菲""金熊现场晴伊伊青春靓丽，力赞同公司老前辈造型很经典""两女争辰，菲菲惨败下风"……

"条条新闻都证明你们的不合，晴伊伊会好心地把保姆车让给你坐吗？"

乔菲菲的脸红了又白，她心中也没有确切答案，所以有点支支吾吾："或许……或许……她想要借此抢咖位……坐头车出去吧……"

宇文胄把手里的新闻简报，又往乔菲菲眼前递了一点："她跟你抢咖位是合情合理的，但不合理的是，你没有任何挣扎就把这个重要的位置让给了她。众所周知，你们一向是要争个你死我活的。"

"那……是曾经的我。"

"现在的你有什么不同吗？"

乔菲菲的眼睛闪了一下，又快速摇摇头。

"是不是中间发生了什么？"宇文胄抓紧手中的资料急切地问,"中间是不是发生了什么你不愿说的事？"

不管是去湖底的店铺购买"美貌",还是跟辰时州的事,都是万万不能说的。

想到这里,乔菲菲坚定地摇了摇头:"没有!什么都没有发生!"

宇文胄失望地朝监视器看了一眼,童四月明白他这个眼神,他们也发现了乔菲菲有所隐瞒,但乔菲菲不愿意说他也没办法。

"还有一个可能!"宇文胄重新看向乔菲菲,严肃地说,"就是你根本早就知道她会抢你的头车!她一直以一种以下犯上的姿态打压你,公司也想让她取代你,你忍受不了,你猜到她当天肯定会跟你抢出场顺序,所以你故意答应换车,其实早就买通了杀手伪装成司机,借此机会让她彻底消失!"

"我没有!我没有!"乔菲菲慌乱起来,努力想要为自己争辩。这时,乔菲菲的经纪人闻讯破门而入,提出剩下的部分会交由经纪公司的律师接洽,拒绝宇文胄再对乔菲菲进行盘问。

经过一番交涉,宇文胄同意了乔菲菲的保释,但在破案前她都必须留在苦海市,随传随到。

乔菲菲走后,童四月跟着宇文胄一起进行了案件分析。这起案件跟之前吴陈恭的案件有多处相似的地方,很有可能是同一个凶手所为。但现在晴伊伊案件的最大嫌疑人乔菲菲根本不认识吴陈恭,更没有交集,这本身是矛盾的。

除非,乔菲菲在买凶杀人的时候正好雇到了吴陈恭案的凶手来处理晴伊伊,又或者杀晴伊伊的凶手故意模仿了吴陈恭的案件想要混淆视听。

不管真实的情况是什么,就目前的情况来看,晴伊伊奸杀案中乔菲菲的嫌疑是最大的,一是她的审讯有很大的疑点,二是她有作案动机。

但这一切还只是猜测,所有的谜团都需要足够的证据才能解开。

童四月做完记录,去厕所里洗了把脸,趁着交接班的时间混入停尸房内。冰冷的水汽冻得她起了一身的鸡皮疙瘩,童四月当警察已经几年了,见过不少可怕的尸体,但她发誓晴伊伊的尸体绝对是她见过最可怕的一具。

被水泡过又放了几天的"脸",呈现出腊肉一样的深红色,空洞洞的面颊隐隐可见的白骨,眼珠子早已腐败,却还有部分组织挂在眼眶上……

童四月深吸了一口气,把手套慢慢退下……

不知道从什么时候起,她拥有了触碰死者眼睛可以"看见"死者生前最后影像的能力。

曾经这个能力让她非常害怕,甚至一度对自我产生了厌弃,但后来当她进入警队后,这个能力又让她在破案推理中如虎添翼。渐渐地童四月适应了自己的"特殊",也想开了,那些犯了罪的人都是对社会有危害的人,越早将他们绳之以法越能降低他们在社会中的危害,既然她所做的事是有意义的事,那过程中的一些捷径也是可以理解的了。

6.

深夜两点,警局的录像室内突然传来一阵尖叫,紧接着满脸油光的童四月从房间内冲了出来,兴奋地摇晃着睡在沙发上的兰搏。

"我发现线索了!"

睡得迷迷糊糊的兰搏睁开眼睛就看到了"怒发冲冠"的童四月,吓得大喊一声"鬼啊",滚下沙发。

童四月在他脑袋上拍了一巴掌:"鬼你个头,我发现新线索了!"

宇文胄也从另外一间办公室走出来:"什么线索,说来听听。"

兰搏哭丧着脸看了下表——深夜两点!你们都不用睡觉的吗?

"你们看这是晴伊伊被接走的那天街道上的监控录像,你们有没有发现什么疑点?"童四月问道。

兰搏摇了摇头。

"监控一共跟拍了大概十五分钟,然后车辆就消失了。在这十五分钟里车子一共经过了三个路口,其中两个左转一个右转,你们有没有发现一个细节,接走晴伊伊的这辆车,右转的时候比左转快呢?"

兰搏把头凑过去仔细看了一下,脸上仍然是什么都没看懂的表情:

"这能说明什么呢?"

"这说明,开车的人惯用左手,所以右转比左转快!"

"对啊!我怎么没想到呢?!"兰搏一拍脑门。

"还有,我问了工作人员,当天来接晴伊伊的那个司机叫彭德顺,大家都叫他老彭,他并不是一个左撇子,现在也失踪了。而且我对比了案发之前这辆车的行驶录像,明显左转比右转要快很多,这说明当天开车的并不是'老彭'!你们还记不记得,之前吴陈恭案里的录像中,那个伪装'蓝玉'的人也是用的左手!"

"这说明,凶手是同一个人!而这个人擅长伪装!"宇文胄激动地跳了起来,抱住童四月的头狠狠亲了一口。

一瞬间,房间里的另外两人都被宇文胄的动作惊得愣住了。

兰搏首先打破了沉默,对宇文胄竖起大拇指:"这么油的头你也亲得下去,不愧是真爱!"

童四月又羞又恼地瞪了兰搏一眼。

宇文胄对自己"一时失嘴"的行为也有点后悔,抓了抓头说:"不好意思,刚刚太激动了,四月,别介意……"

童四月脸红的无法正视,低着头用资料夹扇风,昨天夜里她"夜探"停尸房,从晴伊伊的眼睛里"看"到了跟吴陈恭死前相同的影像,所以她坚信这两起奸杀案的凶手是同一人!

确定了答案后再找证据就容易多了,通过彻夜不休的反复看监控,果然让童四月找到了破绽!

一时间,办公室里安静下来,只有手上的余温能证明刚刚的喧嚣……

第五章
虚灵之物

只要人活着，就会有欲望，只要你走进我的店，我就能有一样满足你。

1.

当天晚上童四月失眠了，准确地说，童四月回到家洗完澡躺到床上的时候已经深夜三点半了，却一点困意也没有……

宇文胃的手和嘴像是金手指，碰哪儿哪儿就软绵得仿佛要融化……

被他捧过的脸颊还在微微发烫，头顶被亲过的那一块更是酥麻得到骨子里……

童四月躺在床上辗转反侧，宇文胃到底是有意还是无意的呢？

事到如今，有意还是无意都不重要了，重要的是，他亲了她；重要的是，他红着脸着急解释的样子跟他平时办案的严肃脸形成了巨大的反差萌！

童四月抱着被子捂嘴偷笑起来。

黑暗中,房间的另一边传来一个十分不爽的声音:"大晚上能不能不发春?"

"你又偷听别人心事!"童四月差点忘了房里还有个能听懂人心思的神棍,顿时恼羞成怒。

"这还需要偷听?笑得嘴都合不拢了。""啪"的一声,一张纸巾拍在了童四月脸上,"快把你那口水擦一擦,都滴下来了……"

"要你管!"童四月抓下脸上的纸巾揉成一团丢了回去!

纸团原路返回。

"有这么多精力不如早点还钱。"

"你不是说把乔菲菲的'货'换回来,账就一笔勾销吗?"

反正睡不着,干脆起来聊天,童四月打开小夜灯,披着毛巾毯挤到荒安君的床边,坐着问:"哎,你认识那个乔菲菲吗?"

"不认识。"

"那她怎么会去你店里买东西?"

"因为她有所求。"

又装神弄鬼说些听不懂的话!如果是平时,她肯定懒得理他,但今天不一样,今天她心情有点亢奋,她裹着毛毯跑到冰箱里拿了两听啤酒,灌了几大口,一双眼睛亮晶晶地看着荒安君:"喝吗?"

荒安君看着刚从冰箱里取出还冒着凉气的啤酒，有点心动。

"还有薯片哦！"童四月贱兮兮地晃了晃手上明黄色的袋子，继而发出一阵哗啦哗啦诱人的脆响……

刚刚还面若冰霜的男人瞬间被瓦解，接过啤酒，眯着眼睛喝了几口："有话快说。"

"嘻嘻……"童四月见他吃了自己的嘴短，大胆地凑了上去，"之前都没问，你店里到底是卖什么的啊？"

"虚灵之物。"

"虚灵之物是什么呀，说来听听呗。"

"美貌、财富、机遇、健康、爱情、声望和善良。"荒安君夹着一片薯片，轻轻一转，这片薯片就像长了脚一样从他的小指指尖一路转到食指，顺着他落下的话音，顺势被丢进嘴里……

童四月掰了掰手指："美貌……财富……健康……总共才七样啊！你店里就七样商品？"

荒安君气得千年老血都快吐出来："竟然有人不感慨他卖的都是些非实非虚的稀罕之物，只嫌弃他品种少！这是什么奇葩的脑回路？"

童四月一脸你卖什么都理所当然的表情："你做广告吗？"

"不做。"

"难怪你生意这么差。"

"你……哪只眼睛看到我生意差了？"如果不是忙着喝啤酒，荒安君的毒舌恨不得像洪水一样喷薄而出！

"你都不做广告，谁能找到你那个店啊！还有……藏在湖底，租金很便宜吧！"童四月流露出嫌弃的眼神。

荒安君冷笑一声："你觉得我会需要付租金？整个湖都是我的！"

"骗人，这湖明明是国家的！"

荒安君一口薯片差点都喷到童四月那义正词严的脸上。

"那这么多年了，你就一直在那里？"

"嗯。"

"你真的是神仙吗？"

荒安君淡淡地笑了一下："神仙是什么？神仙仅仅是你们创造出的你们所不了解事物的一个名词，这个世界很大，有很多你们从未听过的事，也有很多你们从未见过的人，你们没听过、没见过，并不代表他们就不存在。"

童四月咽了下口水，她感觉自己听到了足以颠覆她三观的一番言论。她似懂非懂，不知道该怎么样来描述自己现在的心情，她想到了自己隐藏了多年的"秘密"。

或许是因为他们都这么特殊，冥冥之中才会走到一起？

如果是这样的话，那荒安君于她而言就不再是"不速之客"，而是"惺惺相惜"。

她这个想法被喝着酒的荒安君不动声色地收入囊中随酒咽下。

酒过三巡，气氛变得更和谐起来。

童四月觉得神思有些恍惚，看着面前荒安君如润玉般的脸颊，忍不住伸出手来："我可以摸摸你吗？"

未等他回答，手就抚了上来，她轻轻地戳了戳面前这张脸。

"感觉……也没什么不同……"

荒安君嫌弃地挪远了一点，躲避面前的"咸猪手"："你摸够了没有。"

"什么样的人才会去光顾一个湖底的店铺呢？"

"有欲望的人。"荒安君扬了扬手里的啤酒罐，"只要人活着，就会有欲望，像你渴了就会想喝东西，饿了就会想吃东西，人的欲望是无止境的，从财富到声望，从实到虚。佛曰，人有七苦：生、老、病、死、怨憎会、爱别离、求不得。虽然我只卖七样东西，但这七样却包含了这世间大多数人最原始的欲望，只要你走进我的店，我就能有一样满足你……"

"那我也进了你的店，你怎么没卖东西给我？"

荒安君嫌弃地看了童四月一眼："你那是意外，不算。"

喝了酒的童四月变得死皮赖脸起来，裹着被子往荒安君身边蹭："为什么不算,总之我也进去了,我也要买个东西……"

童四月想了一下:"我就要美貌好了!"

"美貌要留着换给乔菲菲的。"

"你随便卖点什么给我呗……"

"随便?哼!我店里的东西每样只有一个,卖完无补,要买东西都要付出巨大的代价。"

"什么代价?"

"你能想到的最可怕的代价。"前一秒还面带笑意的荒安君突然变得异常冰冷。

童四月打了个冷战:"卖给乔菲菲之前,你还卖过什么吗?"

"还卖过一个'声望'给吴陈恭。"

"吴……陈恭……是吴氏集团的那个吴陈恭吗?"

"是吧。"

童四月脑海中闪过那张血肉模糊没有鼻子的脸!

怎么会这么巧?

吴陈恭去荒安君的店里买过东西,乔菲菲也去荒安君的店里买过东西,晴伊伊是在乔菲菲的车上出事的……

也就是说,很有可能凶手弄错了,凶手本来针对的是乔菲菲,却没想到让晴伊伊抢了头车,两人本来就长得像又是同风格,凶手分不清也很正常!

童四月颤颤巍巍地从地上拿起一罐啤酒递了过去,荒安君伸出左手来接过。

"你……是左撇子?"

"什么叫左撇子?"

"没事……没事……"童四月摆摆手,眼睛却一直盯着荒安君,心里仿佛被一盆冷水浇透,酒全醒了,手脚都沁出一些汗来,脸上的肌肉也变得有点僵硬。

苦海湖……惯用左手……

童四月突然觉得头顶上多了一片黑影,抬头一看,正对上荒安君冰冷的目光,她吓得一哆嗦,薯片都掉在地上……

"你怎么了?"

"没……没有……没什么。"童四月紧张地站了起来。

在这之前她从来没有仔细看过荒安君的脸,今天却突然发现,他的眼睛并不像常人一样有网状的睫状体,而是一整个漆黑的瞳孔。你盯着他的时候,甚至会觉得他的眼睛像一个无底的深渊,多看两眼就会掉入其中。

童四月不敢再看,垂着头裹着被子,回到自己床上,一夜无眠。

第二日一早,童四月就回警局请了假,蹲守在四月天酒店的停车场。

昨晚她一夜无眠，虽然荒安君身份神秘，又有很多疑点，但她本能地希望是自己判断错了。而想要洗脱荒安君的嫌疑，就一定要找到新的证据，而现在所有的线索都指向明星乔菲菲。她上网搜寻到了乔菲菲的行程，所以一大早就蹲守在乔菲菲所在酒店的停车场里，希望能发现点什么。

地下车库里又闷又热，童四月蹲在一辆红色的"凯美瑞"旁，满身满脸都是汗珠。

汗水顺着脸颊往下流，流进眼睛里，童四月一只手拿着相机一只手拿着背包根本腾不出手擦汗，只能祈祷乔菲菲快点出现，好结束她这痛苦的蹲守……

但她并不知道，此时的乔菲菲正在酒店房间里和辰时州"互相折磨"。自从晴伊伊出事后，辰时州戏也不接宣传也不上，就像狗皮膏药一样，乔菲菲走到哪儿黏到哪儿，美其名曰怕她出事要保护她，却又嫌酒店无聊不肯老老实实待着，没事就各种威逼利诱……

可怜乔菲菲只能白天应付厂商，夜晚应付辰时州。

这两天天气不好，洗发水广告的户外拍摄临时改期，乔菲菲得了一些空闲可以在酒店休息，辰时州却生龙活虎，拒绝躺尸。

他坐在阳台的藤椅上弹吉他唱自己谱曲的新歌给乔菲菲听，落地窗外阳光正好，木制吉他拨弹出悠扬的旋律：

当汝老去，青丝染霜；

独伴炉火，倦意浅漾；
请取此卷，慢声吟唱。
……

2.
　　童四月在四月天酒店的停车场蹲守了整整两个小时，也不见乔菲菲下楼，又热又累再加上昨晚失眠，现在居然靠着旁边的"凯美瑞"睡着了。
　　梦里，她变成了一条想要跳过龙门的鱼，三番五次地跳起再落下，最后使出浑身力气用力一跃，一口气飞到了云端……那种感觉就像在游乐场玩过山车，心跟着往上提，落不下来，突然又像是到了过山车顶端，停在高处心怦怦直跳。
　　不知道过了多久，突然，整个人直直垂落！童四月惊叫一声从梦里醒了过来。
　　睁眼一看她差点又叫起来，一个粉粉的物体遮挡在眼前。
　　童四月聚了一会儿焦才看清，是个浑身粉色的白净男士。目测身高大概一米七五，穿着一件水粉色的衬衣，戴着一顶粉色的棒球帽，脚上还套着一双粉色的球鞋！原本就白净的他，被粉色衬得更加清秀，仿佛古装剧里女扮男装的美少年。
　　童四月倒吸了一口冷气，看着眼前这个妆容诡异、行为"淑女"的男人，捏着兰花指拿着一块手帕在给她擦汗珠，边擦还边关心地说：

"你们这些当娱记的女人都不懂得保养,你看这么热的天连条手帕都不带,汗珠子流在脸上很伤皮肤的!要不是我好心把你拖到车里面来吹吹空调,你呀,肯定就热死啦!"

童四月听了半天才听明白,原来这个异装的男人是辰时州的粉丝,跟她一样在酒店的停车场里蹲守,想要见辰时州一面。显而易见的是,男人以为她是娱记。

童四月低头看了一眼自己手上的相机苦笑了一下,倒是也蛮像的。

男人介绍着自己:"我叫Lisa。你看我的口型,尾音一定要牙齿跟舌尖轻轻地触碰,丽撒。"

童四月跟着这个男人"撒"了半天,一直不得要领,男人嫌弃地一跺脚:"真笨,不教你了!"

童四月松了一口气,眼睁睁地看着他从自己紫红色的小车里,掏出一大堆化妆品,边补粉边嗲嗲地说:"怎么称呼你呀?"

"童四月。"

"四月妹妹呀,你也是来等我们家州州的吧。"

"嗯,算是吧。"童四月想了一下,觉得还是不跟他解释自己的真实身份了。

"你们这些娱记最讨厌了,每次都把我们家州州拍得那么帅,害得我要被迷死了,嘻嘻嘻嘻嘻……"

童四月打了个寒战……

正说着,突然电梯口传来一阵脚步声。

Lisa 停止了手里补粉的动作,睁大眼睛盯着电梯通道:"他下来了……"

"谁?"

"我们家州州啊!"

"你怎么知道?"

"他的脚步声化成灰,老娘也听得出!"Lisa 理了理刘海,扯着裤边冲了出去。

那边,辰时州戴着黑色的棒球帽、黑色的口罩,包得严严实实,面无表情地朝停车场走来。电梯口到他停车的位置只有五十米,走过这五十米他就安全了。

辰时州压低帽檐往前走,突然,"砰"一声撞到一个粉红色的物体,他抬头一看,倒吸一口凉气。还没等他开口,粉红色物体就像变魔术一样,不知道从哪里掏出一个小蛋糕,拽着他的手说:"时州哥哥,你拍戏辛苦了,这是我亲手给你做的起司蛋糕,你尝一下吧。"

辰时州猜到了对方是粉丝,尴尬地点了点头。

Lisa 却不管不顾地、扭扭捏捏地说:"时州哥哥,你不知道我多喜欢你,我们家满墙都是你的海报,你的每一条新闻我都不会错过!我真的好喜欢你……"

辰时州一边努力地把自己的胳膊从面前这个粉红色的男人的怀中抽离，一边挤出一个比哭还难看的笑容说："谢谢你的喜欢，我还有事，我要先走。"

Lisa 蹲守了四五个小时，好不容易看到自己的偶像怎么可能轻易放过，双手死死拽住辰时州的胳膊。他看着消瘦力气却很大，辰时州顾及偶像的身份不敢奋力反抗，一时间竟没有挣脱。

辰时州心里很着急，因为还有五分钟乔菲菲就下来了，他们约好了分开下楼，在楼下的车里会合，他开车送她去片场。如果是平时，他身边大批的保安和助理早就帮他拦住了，但这几天他为了更自由地跟乔菲菲腻在一起，连一个助理都没带，现在根本不知道怎么脱身。

更让他觉得可怕的是，不远处的车里还有个鬼鬼祟祟的人，手里拿着一个反光的东西，应该是相机吧，屋漏偏逢连阴雨，这个样子要是被娱记拍到就完了。

辰时州手心里急出了汗，只想赶紧摆脱面前的粉红男人回到自己车上。

Lisa 却红着脸娇滴滴地说："这个蛋糕，我做了很久呢，哥哥吃一口吧……就一口……"

辰时州做了十几年偶像，非常明白这种狂热的粉丝的要求是无止境的,但还是硬着头皮说:"好好,我答应你,我吃一口蛋糕,吃完你放我走,我真的还有事。"

看见偶像拿起勺子挖自己亲手做的蛋糕,Lisa激动得双眼都放光,双手紧紧箍着辰时州的胳膊,力气大到辰时州险些骨裂。

辰时州硬着头皮吃了两口蛋糕,耐着性子问:"可以了吗?我要走了。"

Lisa却依然紧紧拉着他,激动得流泪:"好不好吃?"

"有点咸。"

"嘻嘻嘻嘻嘻,那是因为里面放了我的小秘密!"

"小秘密?"因为惊恐,辰时州瞳孔急剧收缩。

"哎呀,怕什么,没有毒的啦!我舍不得毒你的,就是……就是……"

辰时州内心一万头羊驼奔过,恨不得抓住男人的领子质问你在里面放了什么?!

"就是一点人家的眼泪啊。"

辰时州本来就不多的耐心完全被耗光,再也顾不上有没有娱记偷拍,忍住胃里翻涌的呕吐欲望,用尽全力甩开男人的手,大步流星地朝前方走去。

刚走没两步,突然听见身后传来一声尖叫,一回头就看见乔菲菲不知所措地站在电梯口,身上全是奶油。刚刚还捏着兰花指扭扭捏捏的Lisa仿佛变了一个人,虽然还是穿那身粉红色的真丝衬衣,却满脸凶光恶狠狠地扯着乔菲菲的头发："你这个贱人！让你勾引我们家时州！"

乔菲菲按照跟辰时州的约定晚了五分钟才下电梯，跟辰时州一样她也特意没有带助理，像个早恋的初中生一样偷偷摸摸往停车场里走。谁知刚走出电梯就被一个起司蛋糕击中，还没等她反应过来一个穿着奇怪的男人就冲过来一把抓起她的手，强行将她塞进一辆紫红色的小车里，一路绝尘而去。

反应过来的辰时州，一路狂追，最终还是眼睁睁地看着载着乔菲菲的车消失在眼前……

3.

乔菲菲以为这次自己死定了，看这个狂热粉丝的样子是接受不了自己跟辰时州的绯闻，说不定会把她拖到荒郊野岭去活埋。

想着人家都是牡丹花下死，她这可好，被一朵喇叭花活埋……

乔菲菲越想越怕，突然一根棍子从车的后座伸出，一个面容清秀的女生对她比了一个嘘的手势，还没等她叫出来，那瘦瘦弱弱的女生就干净利落地一棒子砸向粉红汉子的后颈，把他打晕了。

小车失去控制，向围栏驶去，童四月在乔菲菲的尖叫声中，迅速移到驾驶位，一把推开晕了的汉子，稳住方向盘，脚踩刹车，在离围栏半米的地方猛地停住了车子，整个过程干净漂亮！

乔菲菲看着她快速做完这一切，眼睛里流露出异样的光芒。

童四月之前中暑被 Lisa 带上了车，却没想到正好救了乔菲菲。

她扯着乔菲菲跑了一千多米确定安全了两人才停下来，乔菲菲惊魂未定，害怕地拉着童四月问："我们这是杀人了吗？"

童四月跑得上气不接下气："什么呀，打那里不会死的，就是晕了而已。"

"那我们接下来该怎么办，跑路吗？"

"跑什么路，你警匪片拍多了吧。我已经打电话给我同事了，后续的工作他们会处理的，我拉着你跑是怕刚刚那里人太多，又有你的粉丝认出你来围观就不好了。现在这里没什么人，我们找家安静的咖啡厅聊聊吧。"

乔菲菲被眼前这个行事果断的女生震惊了，明明是个清瘦女生，做起事来却比男人还利落，三下五除二地解决了粉红汉子不说，还考虑到了她的特殊身份，快速将她带离人群密集的地方。

乔菲菲觉得站在她身边有一种莫名的安全感，不但如此，还有一种说不出来的熟悉感，所以她想都没想就用围巾遮住脸跟着童四月进了一家小咖啡厅。

咖啡厅内，乔菲菲难掩心中的好奇问道："你是娱记吗？"

童四月苦笑一下："我是警察。"

乔菲菲顿时激动起来："原来你是警察！难怪你这么厉害，一下子就把那男人打晕了！你是知道他会袭击我，所以故意躲在车上保护我的吗？"

童四月摇摇头："不是的，我在那儿只是个巧合，我今天是特意去等你的。"

"等我？你是我的粉丝？"

"不是。"

"难道……你是去等辰……"

"也不是。"

乔菲菲疑惑地看着童四月，虽然她对眼前这个女警官有一种莫名的熟悉感，但她可以肯定自己完全不认识这个人。

"你在半年前有没有去过苦海湖？"

"有的。"

"那你有没有去湖底？"

乔菲菲愣住了，理智告诉她应该立即起身离开拒绝这个谈话，但她觉得童四月不是坏人，童四月会这么问一定有原因。

见乔菲菲不说话，童四月放缓了语气："你不回话，我就当你承认了。其实就算你不承认，我也知道你去了，我不但知道你去了，我还知道你在店铺里买了一样'东西'。"

听到买了一样"东西"时，乔菲菲的脸明显僵了一下，她知道童四月指的是什么。

那样不属于她的"东西",也是这些天让她担惊受怕的"东西",更是让她重新拿回了属于她的位置和拥有了她想都不敢想的辰时州的东西。

乔菲菲倒吸一口凉气,她知道除了五千万现金,她早晚有一天要为自己的贪心付出更高的代价,只是,让她没有想到的是,这一天来得这么快。

半年前,她在苦海湖底跟一个好看的店主做了一笔交易,购买了不属于她的"美貌"。她是怎么走进那家店的,她也不知道,可能是她被晴伊伊压得太压抑了,太想要反抗,太想要赢晴伊伊,所以吃饭睡觉做梦都在想。日有所思夜有所梦,连续三天她都梦到湖底的店铺,醒来后抱着试一试的想法,却没想到真的在苦海湖底看到了和她梦境中一模一样的场景。

她鬼使神差地购买了她朝思暮想的"美貌",虽然为此她付出了她的全部积蓄和预支的一大笔片酬,但她却觉得很值得,还有什么比让晴伊伊吃瘪更痛快的事?

但让她自己都没想到的是,当她真正碾压晴伊伊时,她并没有自己想象的开心,她甚至觉得这样比来比去有些无聊。

她被自己想法的转变吓了一跳,她感觉到自己好像有什么地方不一样了,但她也说不出到底是哪里不一样,只觉得以前视为生命的那些东西好像没那么重要了,相反,之前那些她最不屑于参加的公益活动,现在看来反而很有意义。

拍完《敦煌天仙》这部戏后,因为跟辰时州的绯闻,她多次霸占了热搜。厂商的邀约像雪片般飞来,但她却不顾经纪人的反对推掉了不少片约和宣传,想要留更多的时间去做一些有意义的事。本以为这样一来,她的热度会很快过去,却没想到她真性情的样子比之前的女神人设更受欢迎,彻底坐稳了娱乐圈一姐的位置。

对于购买"美貌"这件事,她有点后悔。

她越来越觉得虽然作为一个受人热捧的明星很风光,但是开心、舒服、和喜欢的人一起静静地喝可乐看电影更重要!

乔菲菲调整了一下思绪,温和而又有礼貌地说:"所以说,童警官今天来找我是因为什么事吗?"

童四月刚想说你拿错了货,你拿的根本不是"美貌"而是"善良",话到嘴边,却突然想起荒安君叮嘱她不能说货错了的这个事,只好把到嘴边的话又咽了回去,假装一本正经地说:"就是针对之前晴伊伊的案子对你进行一些例行的调查,想请你仔细回忆一下,还有没有什么漏掉的细节?"

乔菲菲是属于脑子一根筋的那种人,根本没有发现童四月前后问题的矛盾，认真地想了想答道："要说奇怪的事，那天在化妆间里我闻到了一些鱼腥味。"

"鱼腥味？"

"嗯，是的。因为辰时州对鱼有点过敏，为了迁就他，只要有他在的剧组点饭都绝对不会有鱼，这是我们圈内人都知道的事。但那天在化妆间我隐隐闻到了一些鱼腥味，当时因为跟晴伊伊的一些争吵，没有太在意，现在你一说我倒想起来了。"

童四月本来是为了掩饰自己的慌乱，临时编了个问题，却没想到真的问出了一些线索。

如果说辰时州在的地方不能有鱼是圈内皆知的事，那么会带鱼去现场的人，很有可能就不是圈内人，而是陌生人！

每一个案发现场突然出现的陌生人总是关键的线索。

童四月马上打电话到局里，让同事帮忙调查一下，晴伊伊失踪的那天，现场的盒饭是谁订的，在哪儿订的？

两个小时后，警局的同事发了一封邮件给童四月。童四月把随身携带的 iPad 给乔菲菲看："你仔细看一下这个监控截图里，有你认识或者见过的人吗？"

监控截图的清晰度有限，乔菲菲凑得很近仔细看了半天，突然指着屏幕很肯定地说："这个人我见过！他当时在现场撞到了晴伊伊的助理，晴伊伊还发了脾气。他说他是工作人员来着,晴伊伊后来去跟导演告状,导演说根本没有这号人。"

童四月顺着乔菲菲的手指向屏幕看过去,简直不敢相信自己的眼睛——兰搏!

怎么会是他?

4.

苦海市第一人民医院的走廊外,童四月终于逮到好久没见的兰搏。

自从童四月认出乔菲菲说的当天去了现场的人是兰搏后,她就再也没在警局看到他了。

打电话不接,微信也不回,童四月忍着心中的怒气在斐小婕的病房外等了两个小时,终于看见提着保温盒来探望的兰搏。

刚上楼的兰搏看见童四月扭头就跑。

童四月眼疾手快,冲上去一把抓住他的手腕,一直拖到走廊的尽头,质问道:"你跑什么?"

"我……我突然想起来……我有东西忘记拿了……"

吞吞吐吐,一看就是找借口。

童四月也懒得拆穿:"你这两天怎么没去警局?"

"我病了有点不舒服,就跟宇哥请了两天假,正好前天你也不在,所以就没跟你说。"

"那怎么我打你电话不接,微信也不回?"

兰搏转了转大眼睛,无辜又狡猾地说:"手机坏了呀,最近总是漏接电话,唉,看来我又要换手机了。"

"少来这套!"童四月根本不相信他的狡辩,一巴掌拍在他后脑勺上,"你老实说,这两天到底做什么去了,借口漏洞百出,亏你还是半个警务人员,鬼才会相信你。"

兰搏被她一巴掌拍得眼睛都酸了,心想"这女人练什么的,长得这么瘦手劲这么大,痛死老子了",却还是死鸭子嘴硬,"我真的是病了。"

童四月看软的不行,决定来硬的,威胁道:"你如果再不说实话,就别在警局实习了,我也带不了你。"

"那你要先去跟炮局说。"

童四月在内心骂了句粗口。这家伙仗着自己的背景有恃无恐,一点都不把她这个小警员的威胁当回事。

"那我直接打个电话给你爹,让他把你领回家。"

"我爹?他那么忙哪里有空管我,就算你打电话给他,他表面上满口答应,最后肯定想办法安抚你,再派秘书给你送个慰问果篮。"

软硬都不吃,要怎么样才能让这家伙说实话呢?童四月想,斗兽棋里豺狼怕豹子,豹子怕狮子,狮子却怕最小的老鼠,如果说兰搏是狮子,他爹是个老狐狸的话,那谁是老鼠呢?童四月不厚道地想到了她的好姐妹斐小婕。

"兰搏,我跟你说,再过五分钟斐小婕的妈妈也会来看她,你别看你现在每天跑上跑下她妈对你印象不错,如果她妈知道就是因为你的鲁莽才导致小婕被坏人伤害,你觉得伯母会怎么想?你觉得他们还会愿意把女儿嫁给你吗?"

虽然兰搏表面不说,但其实明眼人都能看出来,他每天跑三次来看斐小婕除了愧疚以外,更多的可能是他自己的小心思。

毕竟,斐小婕也是知名Coser,童颜巨乳这个词形容她再合适不过了,平时走路上回头率简直是百分之两百,如果不是她现在躺在病床上,追她的人早就从湖东排到了湖西。

兰搏那点心思简直是司马昭之心——路人皆知。

童四月不愧是读心专家,一下子就抓住了兰搏的七寸,他提着保温盒,咬着嘴唇,一副痛苦万分的样子,纠结了半天,最终才说:"好吧,我告诉你,但我觉得你不知道比知道要好。"

"哪那么多废话,快说!"

兰搏叹了一口气:"小婕受伤后,我特别愧疚,我觉得都是我不好我太鲁莽了,所以我就想尽早破案。我每天都去她出事的那个超市蹲守,想要看看有没有什么可疑的人。结果,连蹲了一个星期一点线索都没有,就在我纠结是不是要换个方式的时候,突然有天我听到保洁人员在抱怨,说怎么下水道这么多鱼,把下水道都堵了,害得他们要找人来疏通。我突然想起来，小婕受伤的那天，我闻到她身上有一股鱼腥味。小婕这么爱干净的女孩子，平时都会喷香水的，那天她穿的又是新买的衣服，所以这个鱼腥味肯定不是她身上的，而是那个凶手身上的！

"我料定这一定是个线索，我借用我爸的名头，又偷了宇哥的警官证，去调查了超市附近的鱼市和做鱼最好吃的餐厅，把跟鱼有关的厨师、卖鱼的、钓手等一一进行排查。大概用了一周的时间吧，没日没夜地看他们的资料并且跟踪他们，最后发现大多数都有正常的职业和家庭，其他的很多也没有作案时间和动机。

"正当我快要绝望的时候，一个奇怪的人引起了我的注意。这个人没有任何背景，我也查不到他的身份，他每天都会去鱼市拍一条当天最大最好最新鲜的鱼。鱼市的人都认识他，暗地里喊他'财神爷'，只要他一来大家就会把压箱底的宝贝都拿出来，因为他根本不在乎钱，他选中的鱼不管多少钱他都会买，只是也不多要，一天就要一条。

"我本来想把这个线索告诉你和宇哥，却又担心自己判断失误增加你们的工作，就没汇报一直自己暗中调查。

"我跟了他两天，都跟丢了，他好像有很强的防备心，这样一来我就觉得他更加可疑了。

"终于有一天，我死死地跟着，终于找到了他住的地方，你猜我发现了什么！"

童四月听得正入迷，想也没想就问："难不成你发现了妖怪？"

兰搏咬着牙似乎用了很大的力气才说出这句话:"比妖怪更可怕!那个人住在你家!"

童四月一瞬间明白了这些天兰搏对自己有意无意的疏远:"你怀疑我?"

"从一个警察的角度来说,我怀疑斐小婕的案子跟你有关!"

第六章
意乱情迷

谁告诉你我是男人了？是男神！

1.

"兰搏你疯了吧！"

童四月被兰搏那套歪理邪说的狗屁推理气得肺都要炸了！

"你觉得我会害斐小婕？全天下的人会害她我都不会害她好吗？！"

"你不是教我办案不能讲人情要讲证据吗？那人有嫌疑也有犯罪时间，我为什么不能怀疑他？"

"那动机呢，动机是什么？"

"动机……"兰搏咬着嘴唇一字一句地说，"你就是动机啊！你不是教我越是亲近的人，越是第一个到现场的人，越是报案的人嫌疑就越大！你跟斐小婕从小玩到大，她比你好看，你内心不平衡，表面上跟她是好朋友，实际上心里嫉妒她，所以，特意找了一个人来害她……"

"啪——"一盒鸡汤兜头浇下来，兰搏被烫得惨叫一声，鸡骨头、鸡皮挂得他满头都是，画面惨烈。

再一看，斐小婕站在他们身后拿着一个空了的保温桶。兰搏想要发脾气，看到斐小婕，硬生生把火气压了下去。

"你怀疑谁都可以，就是不能怀疑童四月，她是我最好的姐妹，就算天塌下来她也不会害我！"

看着斐小婕捏着拳头满脸通红的样子，兰搏最终什么都没说，叹了一口气转身走向洗手间，身上这件纪梵希限量版的棒球服怕是保不住了。

童四月憋了一口气，看着斐小婕，两人同时"噗"一声笑了出来。

斐小婕像之前无数次那样挽着童四月的胳膊拖着她朝病房内走去。

童四月问："你这么肯定不是我？"

斐小婕捶了童四月一下："你得了啊。"

童四月说："看来最近恢复得不错啊。"

"何止不错，我觉得我完全可以出院了！医院闷死了，跟养老院一样，你们应该早点放我出去祸害社会！"

童四月笑着在斐小婕脑门上敲了一下："可以啊，都能贫嘴了，看来真的可以出院了。"

"我想通了，我也不能因为这件事就去死吧，既然不能去死，就应该好好活着。"斐小婕露出一个雨过天晴的笑容,"早一点振作起来,早点出院!不做社会的蛀虫才是正经事!"

看见斐小婕的笑容,童四月也笑了,但转瞬她又严肃了起来,像是下了一个很大的决心:"小婕,我知道现在问这些有点残忍……"

可能是因为太过紧张,童四月说出这句话时连手都在颤抖。这时,一双苍白而温暖的手伸过来紧紧地握住了她:"我知道你想问什么,我们去外面散散步吧,我慢慢告诉你……"

据斐小婕所说,那天她跟兰搏一起巡视旺发超市,虽然兰搏又贱又蠢,气得她直跳脚,但好在他是个大方的 BOY,请她喝奶茶还掏钱给她买新衣服,所以她心情不错。

但他们毕竟是来破案的,还有正经事要做,假装着情侣在超市走了一天都没什么收获,两人商量一下,不如先回去,明天再继续来蹲守。

没想到快走到门口的时候斐小婕突然觉得自己肚子胀,而兰搏正在盯着超市搬货的大叔上下打量企图找到疑点,她也懒得理他,直接说"等等我,我上个洗手间"。

进洗手间的隔间之后,她刚蹲下没多久,就听见隔壁有窸窸窣窣的声音。开始还没注意,后来声音突然停了,她觉得有什么不对,抬头一看,一张黄色的毛茸茸的脸趴在隔间的隔板上,黑黑的眼睛死死地盯着她,样子异常恐怖。

她吓得尖叫起来，没想到她一叫这个毛脸人也吓得从隔板上摔下去，跌跌撞撞就往外跑。

她立马回过神，提起裤子跟着往外跑，却没想到刚跑到门口，洗手间大门的背后就伸出一只手来，从后面勒住她的脖子把她往里面的隔间拖去……

童四月知道，这可能是天真的斐小婕二十多年来遇到的最大的伤害，她很不愿意斐小婕再去回忆这些伤心的事，但她的职责驱使她又不得不刨根问底。

"他一只手从背后勒着你，也就是说你没有看到他的脸？"

斐小婕点点头。

"那你有没有发现什么特别的地方？"

"有！他的手非常有力，我几乎快要窒息了！还有他的指甲很长，他勒我的时候划到了我的脸。"

童四月看着斐小婕脸上的那道疤，难过地低下头。

斐小婕却假装轻松地拍了拍她的肩，反过来安慰她："没事的，姐姐我怎么会被一道疤打倒，大不了我以后不 COS 萌系的，专门 COS 哥特风！"

童四月破涕为笑："你这么贫，你家兰搏怎么受得了你！"

"谁说他是我家的了？"斐小婕捶了童四月一把，"不许这么说，不然我挠你!"

"你住院以来,他每天跑三趟,听说吃柴鱼有助于伤口愈合,就买一堆柴鱼;听说乳鸽营养丰富又买了一大堆鸽子,还提到警局央求食堂的阿姨帮忙加工,导致我们办公室不是鱼腥味就是鸽子屎味。你不知道为这事兰搏挨了多少数落。有一次我们正在开会,突然一只鸽子飞进来,兰搏赶紧去扑。可鸽子是活的呀,哪能老实站着让他扑呢,就满会议室乱飞,搞得鸡飞狗跳。最后鸽子飞累了直接停到炮局头上,我们都说那鸽子眼神不好,以为炮局的头是电线杆,我们看到那场景想笑又不敢笑,真的是憋惨了……炮局气得训了兰搏半个小时。他一个公子哥,以前什么样你还不知道,现在为了你天天跟食堂的阿姨学炖汤都快变成小媳妇了,说他对你没意思谁信啊!"

"或许,他是内疚也说不定呢。"斐小婕望着医院的落地玻璃上自己的身影苦笑了一下。

童四月顺着斐小婕的目光看过去,落地窗上斐小婕穿着宽大病号服,栗色的鬈发柔顺地披在肩上,脸又小又尖,像一个漂亮的布娃娃。这个布娃娃有小巧而精致的鼻子,有忽闪忽闪的大眼睛,还有……一道红红的疤,从嘴角一直延伸到耳朵,嘲讽而又颓败地看着这个世界。

气氛一下子降到了冰点,童四月看着玻璃上的斐小婕,问道:"我能摸一下这道疤吗?"

斐小婕红着眼睛点了点头,把脸扭过来,看着童四月。

这道疤并不粗，像根细细的红绳，从嘴角一直延伸到耳朵，形成一个诡异的笑。

"你确定他是用指甲划的？这更像刀伤。"

"我确定。他指甲很长很尖，他勒住我的脖子，指甲划过来的那一瞬间，我亲眼看到自己的血滴了下来，然后我就晕了过去。"

"也就是说后来发生的事你都不知道？"

"不知道。"

"你仔细想想，还有什么细节是你漏掉的吗？"

斐小婕低头思考了一下："如果一定要说细节的话，他勒着我的时候，我觉得他的皮肤很滑，有一种湿漉漉的感觉，还有，我闻到他的身上有一股鱼腥味！"

又是鱼腥味！

2.

案子一日不破，童四月的心里就像压了一块大石头，一方面她和兰搏都发现了荒安君的疑点，另一方面她又不相信荒安君会做出这样的事，只好加班加点地查资料，想要早日找到新的证据，帮荒安君洗脱嫌疑。半个月来她不眠不休，炮局看在眼里，强硬地找了个借口命令她必须给自己放一天假。

童四月拿着"七夕节警局单身狗特批一日休，望大喜归来"的假条恨不得感谢帮她写这个假条的人的全家。

气归气，炮局的一番好意也不能不领。

得到一天假的童四月决定把这"一大喜之日"变成"大洗之日"，家里堆积如山的脏衣服，加上被单床罩，够她忙一天的。

但家里的大爷和狗却不肯配合她，她前脚刚拖好地，后脚胖塔就狂扒拉耳朵抖下一斤毛，都说柯基是中型犬中最爱掉毛的，这话果然不假。童四月苦逼得像个老妈子一样将地拖了一遍又一遍，当她第三次洗拖把出来的时候，"爷狗"都共愤了！

"还让不让人好好看片了！"（"汪——呜呜呜呜——"）

"抬下脚！"

"不抬！"（"汪呜！"）

"你一大男人每天在家看韩剧好意思吗！"说话间，童四月顺势踹了一脚胖狗。

"谁告诉你我是男人了？"荒安君斜靠在沙发上，吊着眼睛看着她，一脸吊儿郎当的样子，"是男神！"

童四月"噗"一声差点要吐出来了，电视剧的荼毒真可怕，才几天这家伙已经会用男神来形容自己了，还要不要脸。

童四月上下打量了一番荒安君，白得像营养不良，两片桃花瓣似的嘴，一头乌黑的长发，比女人还女人，这样都算男神，那自己简直是圣斗士!

"嗯,剩斗士。"荒安君点头同意她心中所想。

"你能不能有点礼貌,不要偷听别人心里的话!"

荒安君发出一声轻哼:"怕别人知道就不要乱想,我不光听到这些,我还听到你在拖地的时候心里默念的那个名字——宇……"

在那张桃花嘴还没说出后两个字的时候,童四月已经飞扑上去捂住了它,并换上一副讨好的笑:"好了!你是男神!你最厉害!什么都别说了,把脚抬一下让我拖了这块地好不好?"

荒安君勉强地把腿往沙发靠背上挪了挪,懒洋洋地嘟囔:"真不明白为什么会有拖地这么蠢的事存在?"

"还不是因为……"童四月瞪了胖塔一眼,"掉毛!"

"那为什么要洗被子呢?"

"因为出太阳了啊。"

"出了太阳就要洗被子?"

"嗯。"童四月点点头,"就像醒了要喝水,饿了要吃饭,乏了要睡觉一样,出太阳了就要晒被子啊。这是个定律。"

"什么是定律?"

"定律呢,就是有一定因果关系的事,是规矩,是论断,是亘古不变。哎呀,说了你也不懂……"

"你们女人真是奇怪,明明身体犯懒不想拖地和晒被子,却要给自己洗脑强迫自己去做这种无意义的事。"

"你懂什么!"童四月扯下一被单,用力地抖了一下,"你那么有钱,随便一个什么都卖上千万,你当然不懂得我们这些穷人辛苦的意义。"

荒安君的眼睛暗了一下,嘴角荡漾出一丝苦笑,用几乎听不见的声音说了一句:"那你又知不知道我的烦恼呢?"

童四月专心扯被单换洗衣服,根本没注意角落里那气若游丝的一声叹息。

倒是胖塔挪了挪身子,努力抬头蹭了蹭他的腿。

琐碎的家务让童四月暂时忘却了破案的烦恼。

狭小的空间里,因为这些家常的小事,生出几分岁月静好。

刻薄、毒舌的荒安君此时也静静地靠在沙发上,还保持着童四月要求的抬起腿的动作,他第一次被一个女人指挥,他对自己的听话感到有点不可思议。

或许,是懒得跟她争罢了。

他突然有一种奇怪的感觉,原来男人和女人之间的相处是这样子的,原来你我之间不仅仅是一手交钱一手交货这么简单。

原来还需要晒被子、拖地、遛狗、上班,多么无聊却又有那么有生气,难道这就是传说中的……生活?

3.

用斐小婕的话说童四月除了做事太凶悍，其他的时候还是很值得一娶。这不，七夕节才过了一半，她已经把家里的被套枕套都洗好晒好，地上、柜子上也做了一次彻底的大扫除。

此刻，童四月正累得躺在床上喘气。

她房子太小只有一室一厅，一张沙发一张床，荒安君霸占了沙发，她只能躺在床上休息。

还没躺五分钟，手机短信就响了。

童四月低头一看，是小区停水通知，不由得哀号一声，搞了一整天的卫生，她正饿得不行，现在倒好，停水了她要怎么做饭？

童四月打电话给斐小婕想要请求她的支援，去她家蹭个饭或者一起出去吃个饭，结果斐小婕一接电话就支支吾吾，童四月突然想起来今天是七夕节啊！

果然，说了没几句就听见兰搏在问："小婕，谁呀？"

不等斐小婕拒绝，童四月就抢先一步挂了电话。

不能跟斐小婕一起吃，还能跟谁呢？

童四月躺在床上苦思。

沙发上传来"咳咳"的几声干咳……童四月知道荒安君听到了自己

心里的想法，但她并不想理他。其实，她有点私心，今天是七夕节，冥冥之中她觉得某人会给她打电话约她一起去吃饭，但她搞了一天卫生眼见着要到晚饭的点，手机却一点动静都没有。

要不要给他发个信息呢？

童四月内心纠结成一团，情感告诉她应该提醒一下那个木头，说不定他根本不知道今天是什么日子，理智却又挣扎想要矜持一点，也许再等五分钟他就会发短信过来。

不远处的沙发上某位爷已经干咳得快断气，童四月仍充耳不闻。

哎！有办法了！童四月灵光一闪发了一条朋友圈：家里停水了，好饿。

她心机地将这条朋友圈分了个组，而组里只有宇文胄一个人，发完后她就躺在床上等手机响。

时间一分一秒地过去，胖塔已经靠在沙发边发出了轻微的鼾声，童四月的手机却还安静如鸡。

她翻来覆去检查了几遍手机，确定声音开着，又看了信号，也是满格，可为什么还没有电话呢？

童四月打开微信，看见有一条新的留言。

点进去一看，是宇文胄的回复："身体是革命的本钱！童警官还是出去吃吧，为了早日将犯罪分子绳之以法，本人加班就无法作陪了，童警官吃得开心。"

童四月讪讪地笑了一下,心里涌上一股又甜又酸的复杂感,甜的是他回复了,酸的是又要加班。

"饿——死——了——"客厅里,带着愠怒的抱怨声将童四月从思绪中拉回来。

"这个月除开房租水电和各种额外的淘宝开销哪还有多余的钱出去吃啊!"

"你刚刚明明还想着出去吃牛排的!"

"那不是跟你!"

"你这是区别待遇!"

"那又怎么样!"童四月死皮赖脸地想,反正胖塔有狗粮,大爷饿一两顿也不会怎么样吧,自己就当减肥好了。

不知道过了多久,一双细白纤长的手掀开了她捂在面上的薄被。

"起来,去换件衣服,我带你出去吃。"

"我不去。"

"我请客。"

"吃什么?"

"牛排!"

坐在普利斯的旋转餐厅里,童四月还是有点不真实的感觉,这家餐厅是苦海市最高级的餐厅,据说有非常正宗的法餐,还有全市最帅的侍应生。

童四月盯着来来回回的侍应生看了一圈,心想见面不如闻名啊,还没有对面这个家伙帅。

话说对面的家伙为什么突然这么好心请客吃饭呢?平时都一毛不拔蹭吃蹭喝,难道是"鸿门宴"?想要吃完之后就逼我还债?童四月坐在高级的餐厅里思绪万千。

这家店本来是她心仪已久,幻想了很多次会和宇文胄一起来的地方,就算不是宇文胄也应该是斐小婕什么的,万万没想到居然是跟自己的债主一起来,心里七上八下,走神走到左手拿刀右手拿叉也没有发现。

荒安君也在后悔,自己到底是发什么慈悲突然想到要请这个女人吃饭,吃饭就吃饭!心理活动还如此多!

她难道忘了她这些乱七八糟的想法,他都能"听"得见吗!这跟当着人家的面说坏话有什么区别,一点礼貌都没有!

荒安君越想越气,刀握得越来越紧,切牛排的动作幅度也越来越大,看得童四月忍不住吐槽:"你长得这么秀气怎么吃东西这么粗鲁?"

"哼,你也好不到哪儿去。"

"我?"童四月简直以为自己耳朵听错了,"我怎么了,我没什么问题啊。"

"别以为我不知道你刚刚想什么,谁一毛不拔,谁蹭吃蹭喝!谁要住你那五十平方米冷气都不冷的破房子！"

"那你回你那上千平方米的水晶宫去啊！"

"可以！还钱！"

童四月哑然失笑："你这语气好像个讨债的小媳妇哦。"

荒安君还想说什么却突然发现童四月脸色不对，前一秒还伶牙俐齿跟他互怼的她，下一秒突然把头埋了下来，像一只鸵鸟那样，脸都快贴到盘子上。

还没等荒安君想明白，一个高大帅气的男人径直朝他们走来，很自然地拍了一下童四月的肩："嗨，你也在这儿。"

童四月夸张地回应："嗨！你……你不是说今天要加班吗？"

"加完了，就过来了，今天七夕，不陪女朋友天打雷劈啊。"男人搂了一下身边的鬈发女伴，亲昵地跟她对视一笑。

荒安君看见童四月拿餐具的手微微有些颤抖，心想这就是她心心念念的宇文胄啊，看起来很普通啊。

童四月不敢直视宇文胄的眼睛，却还是努力搭话："原来你有女朋友啊，之前也没听你提起。"

鬈发女生听到这句噘了噘嘴，假装生气地说："都怪你平时朋友圈也不发我们的合影，聚会也不带我去，要是你们警局有女生以为你单身喜欢你怎么办？"

这句话她虽然是带着开玩笑的语气跟宇文胄说的，但童四月的脸却唰地红了，用尽全力才挤出一个笑："我们在警局都很尊重宇哥，没有……没有什么女孩子……"

鬈发女生用粉拳捶了宇文胄一下："他也不敢啊。"

两人旁若无人地亲昵了一番后，宇文胄才又转过脸来，笑着指了指荒安君："还说我，你不也是偷偷藏了一个这么有个性的男朋友？"他比画了一下荒安君的齐腰长发，"一看就是搞艺术的，有品位！"

搞艺术的！艺术是什么？

原本荒安君就看这个男人不太顺眼，还对他指手画脚，现在居然用"搞艺术"这么莫名其妙的词来形容自己，不回敬点什么简直对不起自己多年的毒舌战绩。

正当他准备开口羞辱一番眼前男人白长了双眼睛不如挖掉喂鱼后，他突然听到了童四月心里小小的声音，带着紧张但更多的是难过。

跟之前她异常活跃的心理活动不同，这次，她心里只想着两个字——拜托。

是拜托他帮她吗？

好笑，她凭什么觉得自己一定会帮她？

荒安君看着童四月，平时那个耍赖欠债、干练果敢、有生以来第一个对着他颐指气使的女生，此刻慌乱成了一个手都哆嗦的可怜鬼。

荒安君用餐布擦了擦嘴角，缓缓起身顺手牵起了童四月："吃饱了，买单。"

在宇文胄探究的目光中，荒安君拉着童四月扬长而去。路过宇文胄身边的时候，他还故意低下头凑在童四月的耳边说："下次见面记得要先介绍我，不然我会吃醋的哦！"

4.

袘叔烧烤摊上，根本没吃饱的童四月一口气点了二十串牛肉、十串鱼丸、一手板筋、半打生蚝、三份鱿鱼和六瓶啤酒。

荒安君嫌弃地看着一手鱼丸一手牛肉的童四月："你这是要把自己吃成猪啊！"

童四月嘴里塞满了鱼丸"嗯"了一声算是回答。

荒安君觉得无趣，半个小时了，这个家伙只顾着往嘴里塞食物，什么话也不说，不但不说话就连一点心理活动也没有，一片空白。

"太无聊了！"荒安君抱怨，对面仍然没有回应。

"你是哑巴吗？"他又说，但她仍然没有回应。

荒安君忍不住了，一把夺过童四月手里的肉串："说话！"

如果是平时童四月一定会为了肉串跟他争个你死我活，但今天她只是默默从桌上又拿起一串鱼丸继续一言不发地猛吃。

荒安君也不知道自己是怎么了，明明他已经习惯了湖底的安静，明明最初的时候他最讨厌的就是童四月的聒噪，但今天童四月的安静却让他坐立不安，心里异常难受，仿佛再这么安静下去，下一秒憋死的不是童四月而是他自己。

荒安君有点后悔为了吃牛排把胖塔关在家里，那家伙要是在的话还能汪汪两声，现在简直无聊死了！

桌上的签子已经堆成了小山，平时几个人都吃不完的肉串已经被童四月一个人消灭干净，童四月还不甘心又照着之前的分量点了一次。在她吃到第十八串鱼丸的时候，荒安君再也忍不住了，他猛地用手中的折扇将童四月手中的鱼丸挥了出去。

"你……"童四月红着眼眶停顿了一下，伸手又去拿新的肉串，荒安君直接拉着她消失在夜宵摊……

回到家，童四月就后悔了，胃剧痛，趴在马桶上吐了半小时，吐到只剩苦水也不能缓解。

胖塔围在她脚边，来回蹭，表达着它对主人的关心。

差不多是把她半扛回来的荒安君靠在沙发铁青着脸。

不远处的电视里正播着最近大热的偶像剧，两个演技浮夸的男女主正撕心裂肺地在闹分手。

童四月吐累了背靠着马桶滑坐下来，看到荒安君的样子露出一丝比哭还难看的笑："你一大男人怎么天天看这种没营养的剧，还看得如此严肃，不知道的还以为你是GAY呢。"

放在平时荒安君一定会第一时间怼回去,但今天他却无动于衷。童四月以为自己声音太小他没听见,又用仅剩的力气挥了挥手:"嗨,看剧入迷的小 GAY。"声音已经很大了,还有挥手的动作,这下不会看不见了吧。

让童四月没想到的是,沙发上的荒安君眼皮都没抬一下,就像根本听不见一样。

童四月有点慌了,这家伙该不会是吃了什么不能吃的东西被毒聋了吧?虽然她已吐得浑身瘫软,但想到一个好端端的人住在自己家里变成了残疾人的责任,她还是坚强地爬了起来。

童四月摇摇晃晃地走到沙发边,想要拍荒安君的肩,但她因为喝了酒又吐得晕乎乎的,坐在地上还好,现在突然一站起来,大脑缺血,双眼一黑,想要拍肩的手一滑拍了个空,随着重心的倾斜整个人都摔了下去……

原本酝酿着"我才不要和醉鬼说话"这样酷酷的回答的荒安君根本没时间反应,就被摔到他怀里的童四月拖到了地上。

慌乱中,童四月像抓救命稻草一样抱住了眼前唯一可以抱的物体——荒安君的脖子。

两个人滚在地上,身体纠缠在一起,呈现出一片香艳之色……

童四月本来就头晕,现在一摔更是呈晕倒状态,但荒安君不同,他异常清醒和敏感的大脑简直要爆炸!

他从来没有跟一个人这么亲密过!尤其还是一个女人!

童四月黑色的发丝盖得他满脸都是,手拂开又落下,弄得他痒得不行。

想要推开她站起来,却发现根本使不上劲,整个身体都被她压着,手脚都无法施展,加上她家面积有限家具都摆放得非常紧凑,他们差不多是被卡在沙发和茶几的缝里了……

荒安君被迫第一次"抱"了一个女人。

其实童四月皮肤很好,虽然常年跟着警队在外收集证据,但她属于晒不黑的那种人,皮肤晶莹剔透,鼻子细挺秀气,脸尖尖的,像一只睡着的小狐狸。此刻,她安安静静地趴在他的胸口,眼睛闭着睫毛微微地颤动,梅子色的唇也近在咫尺……

好像……在说什么……

荒安君屏住呼吸,终于听清了童四月说的话:"他们说……在案发现场见过你,但我不相信你是杀人凶手……"

仿佛一颗石子"咕咚"掉入了湖底,荒安君听到了他有生以来让他心情最复杂的一句话。

此时的情景却容不得他多想,荒安君挣扎着想摆脱童四月站起来,但他越挣扎,梅子色的双唇就离他越近,差不多到了鼻尖对鼻尖的地步。

荒安君心一横，一手固定住压在他身上绵软的身体，另一只手抓住沙发的边角，差不多是嘴对嘴吻着站了起来。

刚站好荒安君就像见了鬼一样，嫌弃地推开了童四月，童四月被他推倒在沙发上侧躺着一动不动。

过了大约一刻钟，童四月还是一动不动。

抱着"她是不是死了"这样的想法，荒安君小心翼翼地凑过去，轻手轻脚地把她扳正，摸了摸鼻息，又将手放到她胸口想学着电视上的样子感受一下她的心跳，却被手头那股绵软的触感吓了一跳……

与此同时，童四月被一扶一摸，也醒了过来，睁开眼睛就看见荒安君那张巨大的脸，重点是，他的手还放在她的胸上！

童四月尖叫一声，一巴掌挥过去，却被荒安君一把抓住手腕。

她捂着胸口满脸惊悚地往后缩："你在干什么？"

荒安君心里的想法明明是"当然是看看你死了没"，说出口却变成了："你觉得呢？"

"我还以为你是正人君子！"

原本完整的回答是"正人君子怎么足以形容完美的我，啊呸"，结果荒安君一偷懒说出来的话就只剩下："啊呸！"

这在童四月听来简直就是——他承认他是色狼！

传说中的引狼入室就是这么个意思吧！难怪自己拖了这么久没还钱，他也不追究！原来是想伺机轻薄我！童四月吓得往后一缩。

什么狗屁推理！能听见她内心话的荒安君气得差点背过气，他大吼一声："谁这么想不开要非礼你！"

"你再这样，我报警了！"

"你自己就是警察好不好！"荒安君被她吵得头都要炸了，想堵住她的嘴，自己的手又抓着她手腕腾不出来，脑子一热直接将嘴凑了上去，堵住"噪音发源地"。

童四月双手被擒着，身体又被压在沙发上，大脑一片空白，任凭某人的唇堵住了她满肚子的尖叫，霸道地撬开她的牙关，攻城略地用他的气味覆盖了她的气息。

最后，童四月心里只剩一个想法：电视剧真的不能看……这家伙……学坏了呀……

5.

"四月！四月！"

童四月猛地抬头，思绪被拉了回来。

宇文胄拿着文件夹轻轻敲了一下她的头："发什么呆呢？开会去。"

放假回来童四月工作状态一直不好，一整天都昏昏沉沉的，明明只放了一天的假却感觉像过了一个世纪，刚刚要不是宇文胄提醒她，她还不知道要发多久呆。

童四月用手揉了揉脸,对着眼睛滴了两滴清凉型的眼药水,强迫自己打起精神来,下午是连环奸杀案的进展分析报告,她可千万不能掉链子。

会议室里冷气开到了17℃,气氛更显紧张。

童四月坐在前排看着宇文冑站在台前,投影仪的光打在他身上,投射出一个小小的人影在墙上。

童四月坐在暗处,曾经她最喜欢的就是局里这个多功能会议厅了,因为宇文冑常常会拿着激光笔站在投影仪前分析案情,而这个时候她可以冠冕堂皇地坐在暗处看他。可今天她却没了这个兴致,只认真地做着会前笔记。

偶尔抬头看见宇文冑正在看她,她也漠然地把眼神移到别处。宇文冑今天穿了一条卡其色的裤子,美中不足的是似乎没有熨好,裤子上的褶皱十分明显。

童四月突然觉得宇文冑也不是那么好看了,甚至还没有家里那个家伙好看。

想到家里那个家伙,童四月的脸腾地红起来,她明明是讨厌他的啊!谁会喜欢自己的债主呢!

虽然昨天的事,他后来解释了,他只是被她吵得头要炸了,情急之下想堵住她的嘴。但对她来说,那毕竟是……是她的初吻啊!

幸好会议室关了灯,谁都看不见童四月通红的脸,她努力调整了一下呼吸让自己的心情平复下来，认真听宇文胄做最新的案情分析。

连环奸杀案有了最新的进展，苦海湖远离旅游区的湖心岛上发现了一具泡得浮肿的尸体。

死者身份查清楚了，死者名叫彭德顺，年纪四十岁，已婚育有一女，生前为一名司机，大家都喊他彭哥，发现尸体的时候已经失踪了近二十一天，一直被视为连环奸杀案的嫌疑人。

据现场法医的报告，他颈部的大动脉被某种锋利的物体割破，失血过多导致死亡。虽然尸体是在水里面发现的，但肺里没有积水，可见是先杀死后才抛尸水中，在口鼻处找到了一些藻类物质，经过检验跟苦海湖东南岸也就是接近人口密集岸边水里的海藻种类相同。也就是说他最开始入水的地方其实是苦海湖的东南岸，但最让人匪夷所思的是，发现尸体的地点是在苦海湖远离市区的湖心岛，什么东西会把一具尸体从湖边一直拖到了十几公里外的湖心岛呢？

警员小李问："会不会是顺着湖水流动的方向，尸体自己漂过去的？"

宇文胄回答："不可能，尸体漂移的位置是湖水流向的反方向。"

这个岛水上面积不足一百平方米，既不能住人，也没有任何开发价值，就是一个杂草丛生的荒野之地，除了一些路过的渔民根本没有人会靠近这个岛。

发现彭德顺尸体的人是当地一位李姓渔民，平时他都是在船上解决午餐，那天他有点感冒，头晕得厉害，正巧路过这座湖心岛，就想着上岸休息一下，顺便把饭热了吃了。

刚上岛就看到一大片绿头蝇，他以为是有什么大鱼被冲上了岸，走过去想看看有什么便宜可捡，结果刚过去就看到一具正面朝上的男尸，张着嘴半泡在水中。他吓得半死，想跑脚下却一滑直接摔到尸体身上，瞬间把泡得鼓胀的尸体砸得骨肉分离，混合着各种恶心的腐臭液体，砰一下炸开，他直接吓晕了过去……

正常情况下死亡三天以上尸体就会呈巨人观，死亡十五天全身软组织就会开始腐烂。

但是，从现场的情况来看，彭德顺的尸体呈典型的巨人观，尸体相对完整，根据腐化的程度，死亡时间应该不超过一周。

警员小李说："可是他不是失踪二十一天了吗？"

宇文胄点点头。

警员小李继续说："那是不是证明他失踪半个月后才遇害的？"

宇文胄回答："不排除有这个可能。据我们调查，彭德顺的背景非常简单，家庭和睦，邻里友善，工作上也没有什么反常的事，针对他个人的杀人动机概率很低。另外他在失踪前还订了全家旅游的机票，一个预谋消失的人是不可能订机票的，他失踪以后的手机通讯录我们查过，再也没有人使用过，所以说他当时就遇害的可能性比较大。"

警员小李不解:"如果说他当时就遇害的话,那死亡时间就超过二十天了,但刚刚不是分析说从尸体的腐坏程度上来看他顶多死亡一周吗?"

童四月合上笔记本:"如果按照苦海市现在的气温来说,尸体顶多一周就会腐烂,但如果是在极低的温度下,尸体的腐坏时间会延长,甚至停止。"

"什么样的情况下温度会极低呢……"

差不多是同时,童四月和宇文胄脑海中都划过了一道火光。

宇文胄脱口而出:"湖底!尸体一直被保存在湖底!因为$4℃$的水密度最大,所以一般$4℃$的水总是在最底下,也就是说湖底的温度只有$4℃$,比湖面低了近$20℃$,在这个温度下被害人死亡超过二十天并不奇怪!"

童四月握笔的手微微颤抖起来。

虽然她一直在找新的证据想要帮荒安君洗脱嫌疑,但似乎对他不利的证据越来越多——湖底,又喜欢吃鱼,还会易容,这些荒安君都符合。

这到底是巧合,还是……

童四月陷入了深深的思考中。

第七章
那个家伙

没等她反对,一个带着香草味的吻落在她嘴边。

1.

银色的钥匙插入黑色的锁孔中,伴随着一声清脆的"咔嗒"声,童四月推开了房门。

出乎她意料的是,小小的出租屋里一片漆黑,胖塔不知所终,平日里都歪躺在沙发上刷剧的荒安君也不见了。

童四月带着一堆的疑惑按了一下电灯开关——没有任何反应。

难道是停电了?

童四月关上门,把鞋脱了,摸黑想要去卧室里找电卡,刚走没两步,突然一个人影从关上的门后闪出,一双长手从身后捂住她的眼。童四月本能地一猫腰,半蹲下来,让那双手扑了个空,同时回身一个漂亮的扫堂腿,就听见"唧——"一声,什么毛茸茸的东西飞了出去……

五分钟后,童四月满脸愧疚地坐在沙发上抱着哼哼唧唧的胖塔。

她那一脚扫堂腿,荒安君是躲了过去,却踢飞了趴在地上的胖塔。如果不是这家伙娇生惯养好吃懒做,养出了一身足以抵挡袭击的肥膘,估计会被童四月强劲的腿力踢出内伤。

此刻,感觉自己身负重伤的胖塔横躺在童四月怀里呜呜生气,一脸"这事没有十根骨头是解决不了的"强硬态度。

童四月又心疼又自责地抱着这只四十斤重的胖狗哄了半天,终于在无限的顺毛和许诺这周骨头随便吃后取得了它暂时的原谅。

缓过劲来的童四月终于有时间质问荒安君:"你搞什么?门也不开,电闸也拉掉,我还以为家里进了小偷呢……"

不等她说完,一道明晃晃的烛光照亮了她的脸。

荒安君像电视剧里的男主角那样,推着一个香槟色的蛋糕缓缓走到她跟前:"嗨皮,波斯得……"

童四月"噗"一声笑了出来:"你关灯就是为了这个?"

荒安君点了点头,胖塔也"汪"了一声。

"你怎么知道今天是我生日?"

荒安君转了一下指尖的卡片:"这个落茶几上了。"

童四月尖叫一声冲上去夺下自己的身份证,看了一眼上面的寸照,绝望地问:"你都看到了?"

"嗯。"

"是不是……很……难看?"

"嗯。"

一种天崩地裂的感觉从童四月心头划过。

"其实你不用这么在意……因为你现在也没好看到哪儿去。"

一只拖鞋从沙发上飞了过来,荒安君侧身躲开。童四月手上拿着她的另一只拖鞋一副大不了同归于尽的表情:"有种再说一遍!"

荒安君俯下身来,双手撑在沙发靠背上,把童四月圈在自己的臂弯中,深灰色的眼睛直勾勾地盯着她,轻飘飘地说:"我还可以再说一百遍,你要听吗?"

"你!"

眼看着童四月要气炸了,荒安君嘴角露出一抹不易察觉的笑,话锋一转:"虽然难看,但看久了也习惯了……"

"喊,谁要在意你觉得好不好看!你这种'非人类'根本不懂什么是审美!"

童四月红着脸推开荒安君撑在她耳边的手臂,转移话题:"蛋糕是你做的?"

"嗯。"

"你怎么会?"

"跟电视里学的。"

童四月想到自己保存的那几个常用频道，不是看剧就是美食，都是些女生喜欢的，没忍住又"噗"一声笑了出来："难怪觉得你越来越娘了，你不会……还在家里看减肥和瑜伽节目吧，哈哈哈哈……"

荒安君的脸瞬间绿了。

看见荒安君被自己气到了，童四月变本加厉挖了一勺奶油抹在荒安君的脸上。洁癖王立刻像被踩了尾巴一样跳了起来，想用袖子擦，手抬起来又放下。

童四月笑得肚子都痛了，她终于找到了荒安君的弱点，天不怕地不怕，唯独怕脏的洁癖王！

但凡他身边方圆一米的地方绝对洁净如新，简直像一道隐形的屏障，感觉在他周围连点灰都落不下，虽然童四月家乱得像狗窝，但荒安君却依然像个生活在宫殿里的贵族——白衣胜雪，干净得像一道光。

但现在"这道光"已经气得变了色，一脸漆黑地抓住童四月。

童四月的肩被他双手擒住，背靠着沙发，一动也不能动。

"你要干什么？"

"报复你。"

童四月满脸惊恐地看着荒安君把脸上的奶油直接蹭到了自己的脸上。

一块奶油在厮磨间掉到了童四月嘴边,童四月刚想毒舌,却被滑到嘴里的奶油甜到——好像……很好吃的样子。

"好吃吗?"深灰色的眼睛在她脸上探究了一番,他道,"我还没吃呢。"

没等她反对,一个带着香草味的吻落在她嘴边。

与七夕节那晚的"强势"不同,今天的动作很是"温柔",坚硬的下颌厮磨着唇线,带着温热的气息从脸颊一路舔舐到耳边,香草味的奶油都被他舔了个干净,手却越来越紧,抓得她的肩生疼。

原本平稳的呼吸渐渐急促,细碎的吮吻令童四月的脊背蹿起一阵酥麻,让她忍不住颤抖起来。

正当她终于忍不住想要"回击"的时候,对方却突然停了下来,带着狐狸般狡黠又满足的笑意:"嗯,味道还可以。"

说完拍拍手转身进屋,留下恨得牙痒痒的童四月还傻愣在客厅。

好像真的只是吃了块蛋糕这么简单!

2.

次日是周末,童四月难得不用去警局加班,待在家里陪荒安君一起刷剧。

自从七夕节和昨天连续的两场"意外"后,两人都有点心照不宣。

表面上坐着看剧,其实两人都在默默地用余光"观察着"对方。

童四月从小是个男孩子的性格，对好看没有什么概念，只觉得像电视里的主角那样，浓眉大眼就算是好看。见过荒安君后她才知道，原来有些人竟然可以好看到这般地步，好看到超出了她的认知，好看到百看不厌……好看到……让她产生了想要一直看下去的想法……

她甚至有点感激兰搏，如果不是他撞翻了自己乘坐的小船，自己又怎么会掉落湖底……如果不掉落湖底，她也就不会认识荒安君。

一切的一切，都充满着不可思议却又仿佛命中注定。

童四月装模作样地看着剧，完全忘了旁边那位有"能听见人心理活动"这项技能，自作主张地开始幻想一些"未来"的可能性。

过不了几个月就要过年了，到时候老妈肯定又逼着自己去相亲，不如今年带他一起回去。反正他过年也没地方去，湖里怪冷清的，还能应付下老妈……

荒安君内心腹诽：谁要去你家……过年！

要是亲戚问他是做什么工作的怎么办？不如说他是开旅店的也挺符合……

荒安君内心腹诽：开旅店？早就跟你说了几百次我的店名叫七日不是七天！

童四月想着想着自顾自地笑出了声。

沙发另一边的荒安君内心也很不平静。

他感觉到童四月对他的变化，同时他也感觉到自己的一些变化，这些变化让他有了那么一点点……害怕。在认识童四月之前，他都住在湖底，漫长的岁月里只有游来游去的鱼与之相伴，除了卖"货"，童四月是他接触到的第一个女人，第一个既不可理喻又生机勃勃的女人。

和那些冰冷的湖底生物不同，她是有温度的，这种温度甚至让他有了一丝迷恋……

是因为贪恋她嘴唇的温度……所以才……

他自己也说不清，总之他明白了一件事——电视剧有毒！

两人都心猿意马假装安静地看剧，突然，"咕"一声肚子叫打破了沉默。

童四月脸嗖地红了，站起来："我去下点面吃。"

荒安君自然而然地点了点头："不要醋。"

一碗家常面下肚气氛更加诡异了。

童四月坐在沙发上假装看电视，但脑海里全是昨晚的场景回放，坐了一会儿心虚得厉害，想着还是去午睡一下，结果脱口而出："去睡觉吧。"

荒安君简直不敢相信自己的耳朵："你说什么？"

"我……我……"童四月急得舌头打结，"我的意思是……要不要去睡个午觉……"

"你要跟我睡？"

"不不不……"

"那你跟我说什么？"

童四月脸红得恨不得钻到地底下，后悔得舌头都要咬断！

一阵手机铃声响起，童四月像得救了一样拿着手机跑了出去……

荒安君隔着门听见，她的语速从快速变成了平缓，支支吾吾着，好像在说什么不方便透露的事。

直觉告诉他，这个电话的内容好像跟他有关。

过了十几分钟，童四月才进屋，低着头站在荒安君面前："你明天有空吗？"

"干吗，怀疑我是凶手？"

童四月摇摇头："也不是，就是带你回警局了解一下情况。"

荒安君冷笑一声："我什么情况，你不清楚？"

童四月脸一红更有点接不上话，她心里是相信荒安君的，但又苦于没有找到新的线索和证据。

"反正你明天去一下。"说完，她站起来往卧室走去。

"你不相信我？"荒安君也不知道自己为什么要生气。这种荒唐的事，他完全可以置之不理。

童四月也不知道自己为什么会心虚，旺发超市的监控视频里有他的身影，晴伊伊失踪的地方兰搏也曾看到他出现，更重要的是，牵扯在案中的吴陈恭和乔菲菲都曾跟他有过交集，如果要调查的话他确实嫌疑很大。

"你这么想我也没办法。"荒安君说。

童四月突然想起来荒安君能听见别人心里的话，再回想了一下她刚刚心里的想法，突然有点愧疚，却还是死鸭子嘴硬："我想得有错吗？你不经过别人的同意就听别人心里的话本来就已经犯法了！"

"犯法？我乐意。"

"所以你就可以随便杀人吗？"

荒安君瞳孔瞬间收缩，露出极其可怕的表情："你再说一次。"

童四月扭过头去，不敢直视他的眼睛，却被荒安君捏着下巴硬生生把脸扳正。童四月也不知道自己在心虚什么，心跳得极快，推开他的手就想逃回卧室，却被他死死抓住。

拉扯之间，"刺啦"一声，童四月外套被拉开一个口子，一颗黑色的纽扣掉了下来。

童四月看到地上的"黑色纽扣"，头"嗡"的一声像要炸开。

那是一个便携式的监听器！她的身上怎么会有监听器？

一瞬间仿佛空气都凝固，童四月看着荒安君，她不知道荒安君明不明白监听器是什么东西，但她却能看出，那双深灰色眼睛里透露出的极度失望。渐渐地，他的眼睛暗了下来，像是被一股巨大的力量抽空了气力，整个人都松懈了下来，连失望神情也没有了，那双原本紧紧抓着她的手也垂了下去……

3.

电梯门还没有完全打开,一个消瘦的人影裹挟着怒意走了出来,童四月冲进办公室将一颗"黑色纽扣"拍在兰搏的桌上,质问道:"这是什么?你们凭什么在我身上装监听器?"

"凭你跟嫌疑人走得太近。"

童四月一回头正对上宇文胄的脸。

"你们知道你们在做什么吗?"

"我们很清楚自己在做什么,现在不清楚的是你!"宇文胄抓住童四月的手腕往审讯室走去,童四月用力甩开他的手跟了上去。

审讯室里,宇文胄敲着文件夹指了一下监控器:"我已经关了,你现在可以告诉我,你男朋友的真实身份了吧?"

"他根本不是我男朋友,那天在餐厅里我瞎说的。"

宇文胄似笑非笑地看了童四月一眼,指尖敲了一下文件夹:"哦,是吗?七夕节那天可是你亲口告诉我那是你男朋友的,这两天的监听也显示你们关系很亲密啊。"

"无耻!"童四月放在桌下的手握在一起,指尖深深嵌进肉里,如果不是这样的动作,她真的很怕自己会伸手给面前的人一巴掌。

"他到底是你什么人?"

"什么都不是。"

"看不出你还是个这么开放的人。"宇文胄冷笑了一声意有所指。

童四月强忍住想把屁股底下那把椅子摔在他脸上的冲动！她突然觉得自己以前是瞎了眼才会喜欢这个急功近利不择手段的人。

"我真的跟他没有任何关系，他之所以住我家是因为……我欠了他一笔钱，暂时还不上……"

"然后他就住在你家逼债？"宇文胄翻开文件夹，"在兰搏跟我汇报之前我其实就有所怀疑，派人查过，但让我意外的是，这个人什么背景资料都没有。我相信你也不是第一天上班了，你应该知道跟嫌疑人走这么近意味着什么。如果不是顾及你的颜面，我们根本不会在你身上放监听器，而是直接去你家提人了。"

童四月摇头："我相信他不是凶手，但我真的不知道他的真实身份，而且就算我知道，难道你们就会相信？我连他跟我说的是真是假都不知道，更无法告诉你们什么。"

"你说的我们不一定会相信，但我们会作为参考。"

"那你们还……"童四月心里想说"那你们还问个屁啊"，但看了监视器上亮起的红灯硬生生咽了下去，"不是说关了监视器吗？"

宇文胄眼皮都没抬："可能是刚刚开空调的时候不小心打开的吧。"

童四月觉得再聊下去自己可能会把这个审讯室毁掉，站起来道："你还有什么要问的吗？没有我回去做事了。"

宇文胄抬眼看了童四月一眼，这一眼已经不同于之前的严肃中带着温情，而是透露出一股公事公办的生冷，甚至还有几分得意。

"童警官现在的态度很不端正啊，明明看出了疑点，却不上报，这不是在包庇嫌疑人吗？"

童四月牙齿狠狠地咬着下唇："我知道我在做什么。"

"那你明天方便带他来做一下笔录吗？如果你觉得不方便的话，我们上门去提人也是可以的。"

"可不可以再给我三天？"

"嗯？"

"我想到了一个新的办法把真正的凶手诱骗出来，在这之前我希望你们不要行动以免打草惊蛇。"

宇文胄意味深长地看了童四月一眼："本来呢，你涉及这个案子的嫌疑人，是不方便再跟进的，但我觉得你也是无心之失。如果你能保证以后都按规定办事不再隐瞒什么，我也可以跟炮局申请让你戴罪立功。"

童四月再也忍不住了，抓起桌上的茶杯泼了过去，宇文胄被烫得跳了起来，她则头也不回地走出了审讯室。

4.

警局楼下的咖啡厅里，童四月和裹得像个木乃伊的乔菲菲面对面地坐着。

童四月看着戴着帽子、墨镜、口罩，领子拉到了下颌的乔菲菲叹了口气："你这样更引人注目啊。"

乔菲菲偷偷把口罩拉下一点露出涂着西柚色唇蜜的嘴唇，不好意思地笑了一下。

童四月突然觉得其实明星也是个普通人，会害羞会脸红，相比舞台上聚光灯下的大明星，她更喜欢眼前这个真实漂亮的乔菲菲。

童四月低头转了一下手上的咖啡杯，乔菲菲人越好，她越有点说不出她要说的话。

虽然她刚十分硬气地泼了宇文胄一身茶，但其实对于她内心的计划，心里也没底。

乔菲菲瞄了一眼桌上的手机，这个小动作没有逃过童四月的眼睛。

"你赶时间？"

乔菲菲愣了一下，大概是没想到童四月会猜到，但她还是点了点头："嗯，下午三点有个发布会，我要提前一个半小时到。"

童四月咬咬牙："既然你赶时间，那我就开门见山吧，我们希望你能配合警方进行一个诱捕行动。"

"是晴伊伊的案子吗？"

"是的，我们怀疑这件案子跟你之前去过的湖底店铺有关，所有在那里买过东西的女性，都在一年以内的时间被奸杀，不止吴陈恭，之前还有好几个，只是时间跨度久，之前我们并没有联系到一起。晴伊伊的死很有可能是一个误会,凶手真正要杀的人其实是你。"

乔菲菲咬着吸管的嘴唇明显哆嗦了一下,但她还是假装镇定拿起桌上的纸巾擦了擦嘴,微微颤抖的手更是出卖了她的内心。

"你不用怕,我们警方会保护你的。"

"你们想要我去当诱饵?"

"嗯。"

乔菲菲不可思议地瞪大了眼睛:"你们知道我是谁吗?"

童四月点了点头,几乎不好意思直视乔菲菲:"但我们也是没办法了,这个凶手非常狡猾,一直没有找到有力的证据,而且我们担心他迟早会对你出手,所以想把被动变成主动,主动把鱼引上钩。"

"所以……我就是个饵!"乔菲菲脑补了一下鱼钩上的蚯蚓。

"不不……"童四月赶紧摆手,"我不是这个意思,乔小姐,我是想说,我希望你能帮帮我们,同时也让我们帮帮你,你现在的处境非常危险。"

桌上的手机传来嗡嗡振动,童四月小声提醒她:"乔小姐,你的手机……"

乔菲菲猛然反应过来,拿起手机一看,"你的绿洲"发来一条微信。

"你的绿洲"这个名字是辰时州自己输入的,用他的话说见名如见人,不管乔菲菲遇到什么样的困难和烦恼,他都是她身后的那一片绿洲。短信很简单,只有一张清爽阳光的自拍,配上他自己P的三个大字"么么哒"。乔菲菲嘴上说着幼稚,嘴角却情不自禁漾起了笑意。

放下手机,乔菲菲眼神坚定地跟童四月说:"我同意配合你们的诱捕计划。"在她摇摆不定的时候,辰时州的短信点醒了她。她现在已经不是一个人了,如果有一天她遭遇不幸,辰时州该多伤心,她不忍心看到他伤心的样子,她更害怕会因为自己而拖累到他。如果真的像童四月所说,晴伊伊也算是因为她而死,她不能再害死一个辰时州,就算计划失败她死了,那也是她一个人的事。

"具体的计划发到我的邮箱吧,时间不多了,我要先走了。"

乔菲菲起身的一刻,童四月突然叫住她:"其实你在湖底买的并不是'美貌',而是'善良'。"

童四月本以为乔菲菲听到这个秘密会崩溃抓狂,毕竟那是她耗费前半生所有的积蓄所换。

但出乎她意料的是,乔菲菲听到后并没有太大的反应,她愣了一会儿,随即又露出了好看的笑容:"难怪我最近又胖又冒痘,我还以为是'货'失效了,原来是买错了。"

"你愿意的话,我可以帮你换回来。"

乔菲菲摇了摇头:"算了,不换了,我觉得这样挺好。"

童四月简直不敢相信自己的耳朵:"就这样算了?你确定?"

"如果是一年前的我,肯定觉得美貌是女明星最重要的东西,但经过这一年的阴错阳差,我得到了很多,这些都跟我的外貌无关,而且……"乔菲菲压低了声音凑到童四月耳边,"万一你把'美貌'换回来,辰时州不认识我了怎么办?"

童四月张了张嘴,乔菲菲对她眨眨眼睛做了一个"嘘"的手势。

"谢谢你告诉我真相,我真的要走了,再见。"

5.

晚上十点,街道上的车渐渐变少,城市慢慢地安静下来,唯有苦海市警局不远处的烧烤摊仍人声鼎沸,与其他安静的街区形成了鲜明对比。

这家袒叔烧烤很有名,海鲜都特别新鲜,是这里的一大特色,很多人开着豪车排着队也要来吃。童四月所在的小组今天开了一整天的会,为了拟订这一次的诱捕计划加班到十点,晚饭早已被消化干净。宇文胄看着大家辛苦了,请大家一起宵夜填填肚子。

童四月其实并不饿,也根本不想跟宇文胄一起吃烧烤,从上次的监听器事件后,她基本除了工作上的交流外不跟宇文胄多说一句话。但这次是小组聚餐,大家招呼她一起,说虽然计划已经定好,但也可以边吃边想想还有什么漏洞,让计划更加周密。

童四月想想觉得也有道理,就跟着一起下来了。

才坐到位置上没多久,袒叔就笑眯眯地走过来:"还是老样子?"

宇文胄说:"嗯,烤鱿鱼换成大份,铁板韭菜多加两个蛋,其他都一样。"

祂叔看了一眼童四月:"美女今天要不要多加两串鱼丸?"

童四月疲惫地摇摇手:"不用了,今天不是很有胃口。"

点完菜后,大家都笑:"不愧是警局之花,爱吃什么老板都记得这么清楚,我们爱吃的老板从来都记不住。"

童四月打了一下开玩笑的警员:"别乱说,祂叔记性好而已。"

宇文胄也拿了一串牛筋塞在那个警员手里:"好了好了,来说说你们对这次计划的看法。"

叫小李的警员接过牛筋,急切地咬了一口,看得出大家都饿了。他边嚼着牛筋边含含糊糊地说:"我这脑子还能有什么看法,宇哥都安排得这么详细了,照做就是。"

另一个警员也附和:"对!这次一定要将这个变态色魔绳之以法。"

一盘芥末鱿鱼被端了上来,祂叔笑眯眯地说:"什么变态色魔搞得你们这么紧张?"

"哎,就是之前奸杀了女明星的那个,真是太变态了,害得我们最近一直加班。"

警员小李还想多说什么,突然看到宇文胄瞪着他的眼神,知道自己说多了,赶紧跟祂叔赔了个笑脸,闭上了嘴。

祂叔对这种场面已经习以为常,转身走开,没多久又端着一盘吱吱冒油的烧烤茄子走过来。

宇文胄说:"哎,我们没有点茄子啊。"

祂叔笑着回答:"送你们的,年轻人多吃点蔬菜。"

祂叔走远后,宇文胄又瞪了小李一眼:"你们是警察,不是街头巷尾的大妈,不要把案情当成八卦随便跟别人说。"

小李懊恼地拍了一下脑门:"我错了,以后一定注意。"

童四月叫了一瓶啤酒自顾自喝了两口,想到上次在这个烧烤摊跟荒安君一起喝啤酒的场景,不由得苦笑了一下,但也只分神了一秒,就又把思维拉了回来。毕竟这次诱捕计划关系到很多人的安危,她一定要反复想想看有没有什么漏洞。

一群警员你一言我一语讨论起案情来:

"乔菲菲那边已经派人在盯了,只要一有动作,我们的人立刻就会出现。"

"如果对方没有动作怎么办?"

"我们分析了,几个受害者的共同点,都跟苦海湖有关,凶手很有可能是附近的渔民或船员。两天后苦海湖有个音乐节,乔菲菲是特约嘉宾,主办方还安排了粉丝签名合影环节。音乐节向来人多拥挤,想要隐藏和混入乔菲菲身边都会比平时容易,凶手如果真的想杀她,那天肯定会来!"

"那乔菲菲知道吗?"

"知道。"

"她能同意?"

"她已经同意了。"

几个警员都咂了咂嘴,对乔菲菲的大胆和勇敢产生了敬佩。

一个警员感叹:"要是我肯定躲家里了,想不到她一个女明星这么有勇气。"

童四月想到那天乔菲菲接到辰时州短信时的笑容,突然眼睛有点发酸。

人都会为了自己想要守护的人变得勇敢吧,辰时州为了乔菲菲,不顾一切当着众多媒体的面说是自己主动追的乔菲菲,而乔菲菲也因为担心牵连辰时州宁愿把自己放在一个更危险的处境。

想到这里,童四月突然站了起来:"我吃饱了,先回去了。"

同事们还想留她,她却摆摆手,利落地拿起包:"先走了,明天见。"

临走前,童四月还去打包了一份鱼丸一份牛肉,这些都是荒安君爱吃的,带点吃的哄哄他,应该就不会生气了吧。

宇文胄嘴上谈笑风生,眼睛却盯着童四月,说自己吃饱了要走,却还打包……

到门口的时候已经深夜了,童四月一手提着打包盒,一手艰难地掏出钥匙,小心翼翼地扭开了门锁。

她想着这么晚了,万一荒安君睡了就不吵醒他了,如果没睡就请他吃宵夜,再跟他好好解释一下监听器的事。

屋里静悄悄的,童四月连灯都没开,轻手轻脚地放下打包盒,黑黑的客厅中央,胖塔睡得迷迷糊糊,看见主人回来了,懒洋洋地摇了摇尾巴表示欢迎。

童四月借着月光朝卧室看去,床上空荡荡的,客厅里也收拾得干干净净。

她有点不敢相信。

那个家伙,就这样走了?

童四月坐到他喜欢斜靠的沙发上,想要感受荒安君曾赖在这里气息,却……什么也感觉不到。

这个平白无故出现在她生活之中,霸道地欺负了她的家伙,就这样消失了?

童四月有点慌,虽然她一再跟自己说,不是他一定不是他,但随着每一次新的线索出现,他的嫌疑就更多一点。这次连她自己都不敢肯定了,他在这个时候消失,是生气走了,还是所谓的畏罪潜逃?

童四月坐在他常坐的位置上,陷入了长久的思考。

晚风吹起,不远处的茶几上,飘落下一张小小的字条——

"不用担心还钱的事,你已经还清了。"

第八章
抓 鬼 行 动

她拥有着健康善良和与你的爱情,可是她舍不得你。

1.

五颜六色的灯光把天空都染成了彩色,巨大的电音令现场的人群躁动不已。

童四月穿着吊带裙、烫着一次性的朋克头混在人群里,这身打扮简直让她羞愧到了极点,但宇文胄说这是任务所需,毕竟参加这个音乐节的大部分年轻人都是这样打扮。

兰搏染着一头火红的头发揽着一个辣妹挤在最前排摇摆,不知道内情的人肯定会以为他们是一对情侣,但其实那个辣妹是他们从分局调来的另一个警员。

宇文胄则混在安保之中,穿着黑色的制服,戴着黑色的帽子,配上他笔挺的身材吸引了不少小女生的目光。如果是之前，童四月肯定会被他这身制服迷死，但如今她看他的眼神已经只剩下同事之间的礼貌，不再多一分火花。就连她自己也说不清，这个变化是什么时候产生的，或许是因为荒安君？

想到荒安君，童四月心头涌上一层复杂的情绪，从那天起荒安君就消失了，仿佛从来没出现过，家里没有留下任何和他有关的东西。很多时候，她都怀疑这一切是不是仅仅是自己做的一个梦，但宇文胄对她的冷嘲热讽，以及荒安君的通缉令又是真实地存在着。

童四月从警四年从来没有像这一次这样迫切地想要破案，想要看到凶手的庐山真面目！

除了为受害者洗刷冤屈，还有一层她的私心，她始终不相信那个笑起来如沐春风的人会是凶手。

眼前是疯狂扭动的人群，耳边是震耳欲聋的音乐，童四月却一点都嗨不起来，冷眼看着眼前的一切，希望能用眼睛找到"水鬼"。

"水鬼"是吴陈恭和晴伊伊等一系列奸杀案凶手的代号，而这次诱捕行动则被简称为"抓鬼行动"。

"0709！"

童四月被一声呵斥惊醒，耳机里宇文胄正在咆哮："0709，你怎么回事？站在那里一动不动，你担心别人看不出你是警察是不是？"

0709是童四月的警员编号,她看了一眼舞台角落里穿着安保制服的宇文胄,哭丧着脸随着人群扭动起来。

无奈肢体协调性太差,手脚僵硬、表情别扭,远处的几个警员虽表面不动声色,但体内都憋出内伤,干练的童警官还是拿枪吧,跳舞什么的不适合她。

三个小时过后,童四月已经扭得腰都要断了,音乐节终于进入尾声,主持人拿起话筒假装神秘地问:"今天还有一位重量级的嘉宾,你们知不知道她是谁?"

现场沸腾起来,无数人尖叫。

"大声告诉我,她叫什么名字!"

上万人齐声回答:"乔——菲——菲!"

在密集的鼓点音乐中,身穿阿米尼男款西装的乔菲菲大步走上台。

这身西装是阿米尼今年的秀款,乔菲菲的造型师把它改小了一码,华达呢的面料配上闪耀的香槟色,乔菲菲真空穿着,别有一番帅气的性感。

全场的气氛因为乔菲菲的出现而达到了顶峰,童四月的耳机里全是兰搏兴奋的口哨声,这家伙到底还记不记得自己有女朋友!童四月简直为闺蜜捏把汗。

乔菲菲今天的主要任务并不是表演而是抽奖,每个来到现场的人都掏出了票根，希望自己是那个幸运儿。

童四月他们却没那么轻松，眼睛死死盯着每一个上台领奖的人。

一、二、三……一共十个幸运观众。

直到他们都领了奖走下台，童四月提着的那口气才放下来，口袋里握着枪的手也松了一些。十个观众都已经领完奖，音乐节也接近尾声了，"水鬼"却还没出现。

最后一个节目是乔菲菲唱《敦煌天仙》电影的主题曲，随着舒缓的音乐响起，现场的灯光也渐渐暗了下去，躁动的人群也安静了下来，跟着旋律轻轻晃动双手。

童四月依旧死死地盯着舞台，一刻也不敢放松。这已经是今晚的最后一个节目了，这首歌之后乔菲菲就会被大批的保安簇拥着一路护送回酒店，中间不会再跟观众有任何接触的机会。"水鬼"会在众目睽睽下出现吗？

眼见着乔菲菲已经唱了第二遍副歌，再过半分钟音乐节就会结束。突然，人群中传来一阵尖叫，一个巨大的哆啦A梦在众人的尖叫声中笨拙地爬上了舞台，摇摇摆摆地朝乔菲菲走去……

乔菲菲只剩最后两句就唱完了，正准备谢幕，突然看到了这个巨大的哆啦A梦。多年的舞台经验令她从容不迫地走上前去，围着哆啦A梦边唱边做一些舞蹈动作，现场气氛再一次被点燃，哆啦A梦也像是早有准备那样，配合得相当默契。

童四月却又一次捏紧了口袋里的手枪，同时十几个潜伏在暗处的警员也在偷偷地向舞台中央靠近，宇文胄更是在耳机里提醒乔菲菲，注意身边的情况。

歌曲结束了，乔菲菲弯腰谢幕，哆啦A梦却还留在台上，观众都以为是主办方安排的又一个惊喜，全都死死地盯着舞台。

摇摇摆摆的哆啦A梦在乔菲菲面前站定，短短的圆手在它身前的口袋掏啊掏。

全场观众都屏住了呼吸，童四月更是心都提到了嗓子眼。

随着现场的一阵惊呼，一把漆黑的手枪从口袋里被掏了出来，与此同时，十几个警员从舞台的各处冲了上去，宇文胄首当其冲地将其扑倒，"砰"的一声枪响，漫天下起了红色的花雨……

死死控制住哆啦A梦的宇文胄和现场无数的观众惊讶地发现——一大束鲜红欲滴的玫瑰花从黑色的枪口变了出来……

与此同时，哆啦A梦的头套里传来一个熟悉的声音："干什么？放开我！"

乔菲菲尖叫着冲上去推开宇文胄，一把取下了玩偶的头套，果然不出她所料，头套下是气得脸都歪了的辰时州。

他知道乔菲菲今天会唱《敦煌天仙》的主题曲，是这部电影让他们相识，他特意选了这个有意义的时间，精心策划了一个月，想当着几万人的面跟乔菲菲现场表白，却不知道为什么会突然冲上来一大群警察。精心安排的表白被毁得一塌糊涂，全场一片混乱，反应过来的媒体差点用闪光灯闪瞎他的眼，毕竟如此狼狈不堪的辰时州，大家还是第一次见。

2.

弄清楚事情的来龙去脉后，乔菲菲被成群的安保人员护送离开了现场。

辰时州的经纪人一边给辰时州整理发型，一边愤愤地说要投诉宇文胄，完了还不忘给现场的媒体挨个赔笑脸，嘱咐记者们高抬贵手，被宇文胄压在身下辰时州脸都瘪了的照片，他们公司愿意出高价购买，千万不能发出去。

在安保人员的催促下，现场的围观人群逐渐散去，化着鬼一样妆容的童四月颓败地靠坐在舞台边，朋克头已经乱成了鸡窝头，花了的眼妆配上毫无光彩的双眼像足了失恋的少女。

这次诱捕计划彻底失败了，嫌疑人根本没有出现，更糟糕的是，经过这么一闹，大家都知道有警察埋伏在乔菲菲身边了，短时间内嫌疑人根本不会再有动静。

而时间拖得越长，证据就会越少，破案的难度也会越大。

童四月把脸埋进臂弯,不想让周围的人看见她示弱的一面。

周围乱糟糟的声音像极了一首催眠曲,她埋在臂弯里昏昏沉沉差点睡着,直到兰搏拍了拍她的肩膀通知她收队,她才猛然惊醒。

童四月擦了下眼角,花了的眼线和假睫毛上的粘胶全都被她揉进眼睛里,刺得生疼,她摇了摇手让兰搏别等她,自己去厕所洗个脸再走。

走到一半,突然想起来她根本不知道厕所在哪儿,又折回来问。

工作人员指了指远处的一排小木屋,童四月道了谢快步走去。

此时已接近深夜,黑色的苦海湖发出悲戚的呜咽,沙滩上还遗留着不少荧光棒,星星点点的光像是倒映在沙滩上的星辰,童四月顺着工作人员手指的方向深一脚浅一脚走了至少十分钟才找到厕所。

让她没有想到的是,在她伸手推门的一瞬间,一双黑色的、毛茸茸的大手从背后关上了木门……

童四月连叫都来不及叫一声,就晕了过去……

不知道过了多久,童四月在头痛欲裂中醒来,与此同时,她绝望地发现自己被绑架了!

双手被反捆在身后,嘴里塞了一块湿黏的不明物体,冲鼻的气味刺激着她的味蕾,她胃里一阵翻涌,干呕了好几下,却因为被捆着吐也吐不出来,眼泪直往外涌。

房间里阴暗又潮湿,童四月靠坐在地上,裤子湿漉漉地贴着皮肤特别难受。

　　拇指粗的麻绳将胳膊勒出了几道血痕,被反绑的双手更是麻木到已经没有知觉,所幸她的眼睛并没有被蒙上,脖子也能扭动,她可以仔细打量这个房间。

　　应该是个库房,黑漆漆的四周,只有铁门缝隙勉强透入一缕光线,环境十分潮湿,到处是滴滴答答的水声。

　　童四月猜测这应该是一个存放水产品的冷库,那些滴滴答答的水声应该是热空气遇冷凝结而成,而自己嘴里这块又苦又臭的塞嘴物好像是一条——咸鱼!

　　童四月努力扭了一下身子,像虾米一样蜷缩起来,她有将手机放在裤子口袋的习惯,现在这个姿势努力一点正好可以够到裤子口袋,她忍着痛将手伸向口袋。随着手部的动作,原本就已经很紧的麻绳被拉得更紧,她细白的手臂布满了麻绳勒出的细碎的血迹……

　　只差一点点,只差一点点就能够到了……

　　突然,童四月的手一沉,一个像石头一样的硬物被抛到她的手上,十个手指被落下的硬物狠狠砸中,痛得她大叫一声。

　　"啧啧……"背后响起一阵唏嘘声,"这么漂亮的手被砸成烂西瓜,真是于心不忍呢。"

　　童四月痛得龇牙咧嘴,却连转过身看看的能力都没有。

塞在嘴里的不明物体被粗暴地抽了出来，原来是一条臭了的咸鱼！童四月内心又一阵翻滚，强忍着恶心和疼问："你是谁？！"

　　背后传来一串诡异而低沉的笑声："我是谁重要吗？知道了不一样也是要死。"

　　"我同事一定会来救我的！"

　　"哈哈哈哈……"仿佛是听到了这世界上最好笑的笑话，那个低沉的声音大笑起来，与此同时，童四月差一点点就要够到的手机被抽了出去，"就凭这个？"

　　看着手机被抽走，童四月唯一的希望破灭了，但她仍咬着牙，一字一句地说："你早晚会有报应的！"

　　"哼，报应？该遭报应的不是我。"

3.

　　一双粗糙的毛手握住童四月的下巴，用力一扳，童四月痛得倒吸一口冷气。

　　"不如，我们来玩个游戏吧，我给你三次机会让你猜猜我是谁，如果你猜对了我就让你死个明白，如果你猜错了我就让你跟那些贱人一个下场！"

　　童四月的下巴被他控制，无可避免地对着那张戴着黑色面具的脸，不知怎的，空气中湿咸的味道更重了，她忍不住骂了句："人渣！"

面具人伸出食指："一。"

"吴陈恭和晴伊伊都是你杀的，对不对？"

"二。"

童四月还想骂点什么，却看见面具人像是十分惋惜的样子叹了一口气："我警告你，你已经失去两次机会了，第三句你还猜不对，我可就不客气了哦！"

说罢他将手放在腰上做了一个要解腰带的手势。

童四月哆嗦了一下，她想到吴陈恭和晴伊伊死时的样子，想到她们被侵犯后毫无遮拦的尸体，还想到了躺在地上流泪的斐小婕，这一刻，她真正感觉到了害怕，她努力在脑海中分析，他会是谁呢？

仓库、咸鱼、苦海湖、中等身材、熟悉的声音……

以及……

童四月突然看到他的手，指尖又长又黑……

脑海中有闪电划过，她脱口而出："袘叔！"

抓着她下巴的手停顿了一下，面具人像是不相信一般说："你凭什么这么认为？"

"你的指甲很长，指甲的前面都是黑色，是烤东西的时候被炭火熏黑的。你刚刚塞在我嘴里的那条咸鱼就是你们摊上最受欢迎的菜品之一，这个仓库就是你平时存货的冰库，因为冷空气遇热凝水，所以这里的天花板上到处都是水珠，证明这里曾经放过很冷的东西。最重要的是，你的声音对我来说非常熟悉，而我熟悉的人又满足这些条件的只有你一个！"

"哈哈哈……"那人又笑了起来，慢慢揭开脸上的黑色面具。

一直以冷静大胆著称的童四月发出了一声惊叫。

在她面前的不是人，而是一个怪物——长着人的身体，却有着一张毛茸茸的脸，牙齿又尖又细，细小的眼珠透出阵阵凶光。

"你……"

"怎么，不认识我了？我是你亲爱的袘叔啊，烧烤老样子要不要来一份？"

童四月此时才看清他另一只手上抓着一只又黑又脏的老鼠，他当着她的面闻了一下，仿佛像闻到世间最美味的食物般，露出享受的神色。

童四月却恶心得再次干呕起来，她万万没有想到面具揭开后会是这个样子，面前的这个"怪物"有着跟袘叔一样的五官一样的身材，却满脸是毛，身后还拖着一条恐怖的尾巴！

如果不是常年跟各种尸体打交道，童四月可能会直接被吓死。

她突然想到了吴陈恭的死因——因为巨大的惊吓导致心脏骤停。

毛脸的袘叔发出一阵沙哑的笑声："不愧是荒安君喜欢的童警官，一猜就猜到了。"

"谁说他喜欢我了！等等……你认识荒安君？"

袘叔笨拙地弯下腰，慢慢靠着墙坐了下来，边抚摸着手中吱吱乱叫的老鼠边说："我是个说话算数的人，我说过你猜对了就让你死个明白……"

袘叔的手慢慢松下来，解脱了束缚的老鼠"吱——"一声蹿得无影无踪。

袘叔拍了拍手上的灰尘，从上衣口袋里掏出一个白色的布包，虽然他身上满是尘屑，但那个白色布包却一尘不染，看得出平时十分爱惜。

随着白色的布包一层层剥开，袘叔的眼神也从凶狠慢慢变得柔软，直到最后一层剥开时，他的神态已经平和得像一个慈祥的长辈。

他又一次擦了擦手，小心翼翼地从白布上拿起一张照片向童四月展示。

照片里是一对年轻的恋人，左边的姑娘笑容满面靠在右边男生的肩膀上，两人的头靠在一起，手也牵着，看得出感情很好。

"漂亮吗？"袘叔看着照片里的姑娘自言自语地说，"很漂亮吧，她叫百喜，是我老婆。我们十六岁就认识了，她是语文课代表，而我特别讨厌写作文，老不交作业，她就特别喜欢盯着我。我出去踢球，她跟着我到球场让我回去补作业，我懒得理她继续踢，结果一脚把球踢到她脸上,她被砸得直哭。我虽然浑,但我特别怕女孩子哭,她一哭我就慌了,又怕她跟老师告状,吓得丢了球,拉着她就跑,想跑到医务室去给她擦点药。谁知道医务室的老师不在,我自作主张找了点碘酒给她消毒,别擦边给她吹凉气,她哭着说'万一留疤了怎么办,我妈说留疤了就嫁不出去了'她哭的样子特别可爱,我也不知道哪来的勇气脱口而出'那我娶你'……"

祂叔沧桑的脸上露出了少年般的神色,停了一下继续说道:"后来她就成了我女朋友,再后来她就成了我老婆。跟她在一起的那八年是我人生中最幸福的时光。毕业后,我在动物园找了份饲养员的工作,早出晚归,工资也不高,她却一点也不嫌弃,每天都做好两菜一汤等我下班。她很能干,家里的大小事她都打理得井井有条,能娶到她,真是我上辈子修来的福气。"

祂叔轻轻拭了下眼角:"到现在我都记得,她红着脸告诉我她怀孕时的样子,我这辈子从来没有这么开心过,我开心得想大叫,又怕吓到她,想把她抱起来,又怕伤到我们的宝宝,最后我急得不行,竟然哭了起来。她说我傻,抱着我一起哭,哭完了又笑,笑完了又哭,真希望时间能永远停留在那一刻。

"可惜的是,这世界上最不可能发生的就是如果!"

童四月清楚地看见祂叔眼里柔软的光在这一刻消失了,取而代之的是咬牙切齿的恨意。

"我在动物园的工作是水獭馆的饲养员,有一次在喂食的时候被一只发情的雄水獭咬了一口,出了一点血,并不影响生活,我也没在意,却没想到回家之后就开始发低烧,持续了一两个月医生也检查不出原因。因为持续发烧,我的脾气也变得非常暴躁,经常因为一些小事冲百喜大喊大叫,冷静下来后我又十分后悔。有一次就因为百喜倒给我的水烫了一点,我就大发脾气,还把水杯子砸了,百喜在跟我争吵的过程中踩到水渍滑倒,流产了……"

祂叔用手捂住双眼:"当时,她都五个月身孕了啊……因为流产百喜回了娘家,我岳母家也因为生我的气跟我断绝了联系,我想买点礼物去哄她回来,身体却越来越不舒服,终于有一天走在路上突然昏迷不醒被送路人送进了医院。等我再醒过来的时候我已经昏迷了一周,最让我奇怪的是,我老婆从来没有来看过我,我以为她还在生我的气或者她不知道我住院。等我出院回家才发现,原来我老婆已经去世了!"祂叔痛苦地抓着自己的头发,"我连我老婆最后一面都没看到!"

"我问了很多人,我老婆是怎么去世的,大家都说不清,就说我昏迷后,我老婆突然也病了,什么征兆也没有,也没去医院就去世了。死之前她像是有预感一样给自己的妹妹打了个电话说让她妹妹来家里,还说如果有什么事记得等我出院了再告诉我……"

祂叔已经泣不成声,抖动的五官配上他脸是的棕毛有一种特别诡异的感觉。

"我根本不相信我老婆是病死的,后来我在家里找到了我老婆写的日记,才知道她为了我跟魔鬼做了交易!当时我已经被医生下了病危通知书,救不过来,她不知道从哪里知道了苦海湖底有一个什么都能卖的店铺,她一个人跑到湖底去做交易,想要把我从死神手里拉回来。可我们就是普通人家哪里付得起那么多的钱,那个贱人说可以'以物换物',两个换一个。美貌、财富、机遇、健康、爱情、声望和善良,我们普通老百姓哪有什么财富、声望,她算来算去,只有健康和善良。她用健康和善良换了我的命啊,也是用她的命换了我的命啊……"袘叔号啕大哭起来。

"百喜死了同时也带走了我的一切,老婆孩子全都没了,我想过要自杀,但我又舍不得,我这条命是百喜用命换回来的,我怎么能不珍惜?我想要好好地活下去,但我却发现了一个更可怕的事——我变成了一个怪物!

"本来应该死的我没有死,强行活了下来,但水獭咬了我之后,残留的那些毒素还在我身体里,渐渐地我的身体发生了一些变化。最开始的时候我还去过医院,面对我脸上多出来的毛发,医生也说不清楚原因,只说因为细菌的感染,引起了基因的突变导致了一些返祖现象,慢慢地我也不再去医院,任由自己从一个人变成了一个半人半獭的怪物!

"我开始拥有一些水獭才有的习性,开始爱吃一些冰冷生腥的鱼类,因为我常年穿着宽大的衣服戴着帽子和口罩,邻居和家人渐渐不再跟我联系,我变成了一个孤僻的怪物,再后来为了掩盖我身上的腥味,我开了一家烧烤摊。"一只黑乎乎的毛手握住了童四月的下巴,将她的脸强行转到他面前,"就是童警官你最喜欢的那家,你吃的每一条烤鱼都是我亲自去苦海湖捞的,你喜欢吗?"

童四月"呸"地吐了一口口水:"我瞎了眼才会没认出来你就是凶手!"

"哈哈哈哈……"祂叔的喉咙里发出一连串笑声,但这阵笑声却像生锈了的铁皮,尖厉刺耳。

"如果当初不是他要求两个换一个,我老婆也不会为了救我交换健康,换句话说,是他害死了我老婆!他让我人不像人,我也要让他生不如死!"

4.

长满黑毛的大手在童四月的身上游走,童四月恶心得都快吐了,却无法反抗。

"你杀的那些人都是无辜的!你这样做对得起你老婆吗?"

"无辜?"祂叔冷笑了一声,"怎么会无辜呢?他们都是有钱人,都有东西去交换,他们交换的那些东西都是从我们这些穷人身上剥削来的。百喜的健康换给了我,善良换给了那个电影明星!那个破明星根本不配拥有百喜的善良,所以我杀完你就要去杀她!"

祂叔细小的眼睛里再次露出凶狠的光,带着兽性和贪婪。这已经不是一个人类会有的眼神,童四月突然想到她在《动物世界》里看到过水獭的习性:水獭嗜好捕鱼,即使饱腹之后,还会无休止地捕杀鱼类,善于潜水,粗长的尾巴能减少在水中运动的阻力,游近水面时,会把头、背和尾巴露出来,因此常被人们误认为是水怪。

难怪之前一直有苦海湖水怪的传说,也难怪彭德顺在湖边被杀死,尸体却出现在十几公里外的湖心岛。

更可怕的是,水獭在动物界是出了名的变态交配!

在交配时,原本还算温顺的海獭会变得极具侵略性,会抓住雌性海獭,咬住它们的鼻子,甚至生生撕掉它们脸上的肉,雌性海獭会因此受伤或溺水而死……

然而,就算雌性海獭已死,雄性海獭也不会放过它,雄性海獭会守在尸体的边上并再次强暴它。

童四月想到了吴陈恭那黑洞洞的鼻子和整张脸都烂掉的晴伊伊,忍不住加快了手里的动作。她的手机被收走了,但她口袋里的钥匙还在,现在只要她能用钥匙割断麻绳,她就还有一线希望。

但她细微的动作没能逃过祂叔的眼睛,一双粗壮的大手将童四月连人带绳子提了起来,重重地甩了出去……童四月被捆得像个粽子一点平衡也无法保持,骨碌碌滚了三四米,脸硬生生地被水泥地板磨掉了一大块皮。

但她还来不及呼痛,就听到一个更恐怖的声音:"本来还想多玩一下再解决你的,但你这么不老实就怪不得我了!"

粗重的脚步摩擦着水泥地面,一步步向她走来……

生死存亡的一瞬间,童四月根本没有像电影里那样所谓的回忆人生,她满脑子里只有咚咚的脚步声,一步比一步更接近死亡……

与此同时,她的心脏也咚咚咚咚抑制不住地狂跳起来。

就在脚步声已经停在她耳边,她闭上眼睛做好了拼死一搏的准备时,库房的铁门被"砰"一声撞开……

四十斤的胖塔像坦克一样冲了出来,"砰"地撞倒了袡叔,疯了一样撕咬……

童四月简直不敢相信自己的眼睛,平时那个好吃懒做只会卖萌打滚的臭狗,发起威来居然也这么凶狠,照着袡叔那毛茸茸的手臂就是一口。

袡叔痛得大叫一声,露出满口的尖牙,反扑上去跟胖塔撕咬起来。

与此同时,童四月还看见库房的铁门外,逆光站着一个高大的身影,谁也不知道他是什么时候来的,怎么进来的,总之下一秒他就以居高临下的姿态站在了袡叔身边。

袖叔看到他像疯了一样用力甩开胖塔,胖塔被重重摔在墙上呜咽一声。趁这个空当,袖叔龇着牙冲了上来。

荒安君稍稍侧身完美地躲过了这次袭击,扑了个空的袖叔眼里冒出了更浓的怒火,仿佛下一秒就要将荒安君生吞活剥。

"我知道你在想什么。"玉石般温润的声音从荒安君口中溢出,如炎炎夏日里吹来的一阵清风,带着三分慵懒七分迷离,仿佛根本不是在什么血腥的凶案现场,而是跟友人在品茶赏花。

"你知道个屁!"童四月刚被荒安君的声音带到半空中,就被袖叔大声的怒吼拉回了地面,"你要是能明白我们这些普通人的痛苦,就根本不会让百喜去送死!我今天就算死,也要拉你一起给百喜报仇!"

袖叔发出野兽一般低沉的怒吼,照着荒安君的方向冲来,童四月吓得咬紧了牙关。

荒安君却不慌不忙,只轻轻说了一句话就让面前的"野兽"停了下来。

"百喜,是个好姑娘。"荒安君淡然地站在袖叔身前丝毫没有一点惧怕地盯着他的眼睛,"你娶了百喜是你的福气。我并没有杀死她,是她自己选择死亡。"

袖叔此时的眼睛已经因为极度的愤怒,充血变得通红,他大吼道:"是你!是你要她用健康去交换!"

"我是说的以二换一,但她拥有的并不仅仅是健康和善良。"

"像我们这种穷人,还有什么?"

"爱情。"荒安君盯着面前的袘叔一字一句地说,"她拥有着健康、善良和与你的爱情,我原意是让她用善良和爱情去交换,但她舍不得跟你八年的回忆,在最后的关头,背着我选择了健康。"

袘叔脸上露出非常复杂的神色,从极致的痛苦到极致的幸福,再到掩面而泣,最后号啕大哭。

"傻瓜,百喜她……她怎么这么傻!她怎么……这么傻……"

"她为了留住你们相爱的点滴回忆,不惜牺牲自己的生命,是挺傻的,因为她万万没有想到,她救活的是一个变态,是一个怪物,是一个屡犯强奸案的杀人恶魔!"

童四月原本以为,荒安君说出这番话,袘叔会更加暴躁,但让她意外的是,袘叔一动不动地站在原地,仍由大滴大滴的眼泪从脸上滑落……

童四月从来没有看过哪个男人哭得像他这么伤心。

一时间,谁也没有再说话,时间仿佛都静止下来,只剩下滴滴答答泪水落地的声音。

突然,"砰"的一声闷响打破了沉默。

袘叔一头撞到了铁门上,浆血四溅。

这个让苦海市人闻风丧胆的变态杀人狂,临死前说的最后一句话竟是:"我身上有一张存折,密码是我老婆的生日,帮帮忙把我们埋在一起。"

5.

宇文胄等一行人赶到的时候,荒安君早已消失不见,警局的一干人对于"胖塔舍身救主,嫌犯良心发现最终畏罪自杀"的经过惊叹不已,一群报道过"苦海湖三十年系列悬案""惊现!水生连环奸杀手"的记者此刻正围着胖塔各种"咔嚓"。

童四月也已经被松绑,不知道为什么虽然案子破了,但她心里仍然堵得慌。

警局领导对她单枪匹马对付歹徒的事,给予了肯定和表扬,回去之后她应该就能顺利升职。

胖塔虽然受了一些轻伤,但随着媒体的夸大宣传它已经变成了苦海市最热门的网红狗,无数人偷偷跑到童四月楼下苦等半天,就是为了一睹"神胖"的风采!

而在音乐节童四月失踪时,想出"强行撬开童四月的家门,放出胖塔去寻找主人"这个主意的兰搏也因此顺利转正,更让他欢喜的是,他跟斐小婕的恋情已经得到了双方父母的认可,婚礼也提上了日程。

杀害晴伊伊的真正凶手现身,也彻底洗脱了乔菲菲的嫌疑,之前网上那些追着她骂的粉丝,现在也慢慢接受了她和辰时州的恋情。乔菲菲还专门发了一条微博,感谢人民警察对自己的帮助,特意艾特了童四月,还说自己现在也是胖塔的粉丝。

这让童四月也小小火了一把。

一切的一切都仿佛在向着好的方向发展，可童四月的心里总觉得有些空。

那天以后，荒安君再没有出现过，周围的人也再没有谁跟她提起过她。

经过这一系列的变故，宇文胄和她的关系也变得很冷淡，除非必要的工作探讨，两人私下再无交流。有时，童四月也想要跟兰搏或者斐小婕聊聊，问问他们你们有见过一个笑起来如沐春风，却又十分毒舌，但拥有世上最好看的眼睛的家伙吗？为什么他不见了呢？

但每次她还没来得及开口，就被这两人撒的狗粮给堵了回去。

时间一长，她也就不再提起，只是每当母上大人又夺命连环CALL逼着她去相亲的时候，只是夜深人静的时候，她才会想起，那个爱看电视、爱欺负胖塔，还爱没事就损她的人；那个曾赖在她家沙发上笑眯眯地看着她的人；那个人生中第一次教会了她"接吻"和"喜欢"的人……

第九章
消 失 的 他

我想买你的爱情。

1.

下午四点半,蔚蓝的天空堆积着厚重的白云,阳光热辣辣地洒在银色的柏油马路上,苦海市最繁华的望春路上人声鼎沸。

一群吃瓜群众里三层外三层地围在那里,自发地围成了一个椭圆形的小圈,小圈的正中间一个身着荧光色衣服的男子正趴在地上死死抱住面前的一条玉腿!

玉腿的主人穿着一件海军蓝的格子裙,一件露脐的短白T恤,姣好的身材和气红了的脸形成了有趣的对比。

"你到底放不放手?"

"死也不放!"

"你再这样我真的踹你了！"

男子翻了个身仰面躺在地上："你踹死我吧！踹死拉倒！反正你都要抛弃我了！"

"兰搏，你到底讲不讲理？"围观的人越来越多，少女走也不是不走也不是，气得满脸通红，"谁说要抛弃你了，我不是解释过了吗，就是去日本参加一个漫展，半个月就回来。"

听到这句话，地上的男子不但没有松手反而抱得更紧了，眼里都是紧张兮兮的光芒："半个月太久了！而且你这么可爱，万一被拐跑了怎么办？"

斐小婕哭笑不得，这么大个人，怎么耍起赖皮来比孩童还难缠，只能蹲下来压低声音哄他："你先起来好不好？"

"不好！除非你答应我你不去！"

"真的不行，我答应人家了，而且这次漫展的机会特别难得，很多我的偶像、大触都会去，是很好的学习交流机会。"

赖在地上的兰搏急得要哭了，内心告诉自己一定要坚持住，他有一种不祥的预感，总觉得自己一放手斐小婕就会像风筝一样飞走，再也抓不住了。可眼下斐小婕态度坚决，不管他是威逼利诱，还是撒泼打滚都坚持非去不可。

该怎么办呢？

看热闹的围观群众议论纷纷,一个穿橘黄色大花裙子的阿姨羡慕地对另外一个穿扫地裤的大妈说:"你看没结婚多好,这男孩多在乎自己女朋友啊,哪里像我们,想去哪里都没人管,在家躺着老公还嫌你碍事呢……"

兰搏听到这话突然灵机一动:"你去也可以,但你得答应我一个要求。"

听到有峰回路转的可能斐小婕也激动地握住兰搏的手:"你说吧!只要你让我去漫展,其他的什么我都答应你!"

"什么都答应?"

"嗯!"

"我们结婚吧。"

时间仿佛停止,热闹的街道也瞬间安静了下来,斐小婕睁大眼睛,不敢相信自己听到的话,直到兰搏单膝跪地握着她的手又重复了一次:"斐小婕,我们结婚吧!"

就像被魔法定住了一样,斐小婕呆呆地愣在原地,她看着眼前这个穿着荧光色衣服不夸张毋宁死的少年,此时此刻眼睛一眨也不眨地盯着她,仿佛松懈一秒她就会像烟雾一样消失。

"小婕,你知道吗?我特别特别后悔那天丢下你,害你吃了那么多苦遭了那么多罪。我跟你保证,以后那种事再也不会发生了,我这辈子都不会再把你单独放在一个危险的境地，你骂我也好，你嫌弃我也好，我以后都要死死地黏着你，每时每刻都跟你在一起！"

一滴开心的泪水从斐小婕的脸上滑落到手心，但她还是嘴硬地说："我才不要答应你，你那么花心！"

"我保证从今天开始收心！"

"那你说，如果我答应你了，你以后还会爱上其他女生吗？"

"会，而且她还会叫你妈妈。"

斐小婕破涕为笑，用力地点了点头："我愿意。"

围观群众发出了雀跃的欢呼，兰搏一跃而起，跳起来拉着斐小婕就跑，边跑边嘟囔："终于可以起来了，地上烫死了！"临走还不忘跟围观的群众抱拳，"谢谢各位，回头我请吃糖。"

斐小婕被他拉着在街上跑得上气不接下气，只恨自己爱上了个疯子，一边用粉拳捶他一边问："你神经病啊，跑这么快干吗？"

"领证啊！民政局五点半就下班了，得赶紧！"

2.

随着追光灯慢慢变暗，乌干达首都坎帕拉的国家大剧院内，心连心非洲艺术访问交流团结束了为期一个月的访问演出。

回酒店的大巴上，乔菲菲和辰时州挤在最后一排，头靠在一起，一人戴着一个耳机听歌。

大巴的空调有点凉，辰时州脱了自己的外套披在乔菲菲身上，外套上面是两人深情的对视，外套之下是两人十指交扣的手，满满的狗粮味溢得满车厢的人都不敢回头，生怕一不小心看到什么限制级的画面。

最前排坐着一个满手珠串的大叔名叫普布，是这次访问艺术团的团长，也是国内歌坛出名的实力派老将。最开始乔菲菲主动想加入这个非洲访问艺术团的时候，普布是拒绝的，以为又是什么idol洗白，但拗不过乔菲菲的坚持勉强答应了下来，结果这一路乔菲菲一个助理都没带，上妆换衣服都自己搞定，让老艺术家都对她刮目相看。

另外那个白白净净的辰时州就更有意思了，作为国内顶尖的流量小生，抛下千万的代言不接非要跟着他们来非洲吹沙子，一路上给乔菲菲提包倒水比服务员还周到，不知道的人还以为他是乔菲菲的小助理，一路上被不少非洲大妈调戏。

大巴车轰隆隆地在非洲的夜里疾驰，车上的人结束了一天的演出都累得进入了梦乡，突然"砰"的一声，一个圆形的东西飞了出去，大巴车剧烈地颠簸几下停了下来。

司机抱歉地出来解释，前轮不知道怎么爆了一个，换备胎得半小时，车上空调不能一直开着，麻烦大家下车等一下。

人群嘟嘟嚷嚷、睡眼惺忪地走下车，却被眼前的景象震住了——深蓝色的夜空中镶嵌着漫天的繁星，放眼望去每一颗星星都像是一颗宝石，无数颗宝石将夜空照亮，璀璨夺目，令人心醉。

辰时州牵着乔菲菲一边惊叹大自然的美妙，一边听着耳机里的歌，不知不觉就走到了远处。

大巴车越来越远，两人之间的距离却越来越近，眼看着辰时州按捺不住想要干点什么的时候，乔菲菲突然用力捏住他的手！

辰时州顺着她的视线看去，不由得倒吸了一口冷气，不远处的草丛中一双双绿色的眼睛，正眨也不眨地盯着他们。

鬣狗、猎豹、狮子、狼？辰时州把脑海中能想到的动物都想了一遍，冷汗瞬间流了下来。

"等会儿我数一二三，数完之后我先跑，你等我跑了再跑！"

乔菲菲的心凉了一下，简直以为自己听错了，为什么让我等他跑了再跑，是怕我没他跑得快吗？但她还是点了点头，关键时刻，谁不想保命呢？

但让乔菲菲没想到的是，喊了"一二三"后辰时州松开她的手朝更远的方向跑去，与此同时辰时州用力地推了她一把，大喊一声"跑——"

很明显，他是想要引开那些绿色的眼睛给她留更多的逃跑时间。

乔菲菲拼命奔回大巴边，过了好一会儿，绕了整整一大圈的辰时州才上气不接下气跑来，气喘得险些要晕倒。

艺术团的其他人看他们这么惊慌的样子都赶紧围上来问，得知情况后司机哈哈大笑。翻译解释道:"我们走的是大路,根本不可能碰到这么多野生的食肉性动物,非洲有一种峰尾部能发光,这个季节正是它们繁殖交配的季节。所以啊,你们看到的那些一双双'绿眼睛'其实是一对对谈恋爱的昆虫!"

"哈哈哈哈……"听到翻译的解释,艺术团的其他人都笑岔了气。

乔菲菲边大口喘气,边跟着笑,笑着笑着却哭了起来,被辰时州一把搂住,用自己的外套将她的头罩住偷偷地说:"别哭啦,丑死啦!"

乔菲菲边哭边埋怨:"你刚刚居然想丢下我自己去送死!"

"没有,我就是想着你腿短跑得慢,想帮你多争取点时间。"

"媒体都说我是腿精,你骗谁!"

辰时州眼睛也湿湿的,搂着一颗毛茸茸的头温柔而又宠溺地说:"当然是骗你啊,我只骗你。"

乔菲菲抹着眼睛转身要走,却又被强硬地拉了回来。

"好啦,别哭了,等我们回了市区,我带你去吃宵夜,给你压压惊!"

乔菲菲含着泪小声地嘀咕:"那我要吃网上很有名的那家烤肉,距市区有二十公里,你有空吗?"

"立刻有。"

"为什么我每次问你有没有空你都说立刻有?"

"因为是'Like you'啊,傻瓜……"

3.

"当警察是我从小的梦想,非常高兴我今天实现了自己的梦想。在这里我要感谢我的师父童四月,没有她的帮助我不会这么快进入角色,也学不到这么多有用的知识……"

洋洋洒洒的一段话后,炮局亲自宣布——兰搏从今天起转正!

随即会议室内响起雷鸣般的掌声。

在众人吆喝的请客声中,童四月悄悄地离场。破了连环奸杀案,兰搏转正了,她升职了,办公室也换了,她内心却没什么太大的惊喜,反倒是有点烦恼——她必须在今天下班前把原办公室里的东西整理好,明天就要新官上任了。

看着桌上乱七八糟的文件,童四月叹了口气,埋头整理起来。从进入警局第一年的李家失窃案,到前两年的师大伤人案,再到这次的连环奸杀案,每一个案件都见证了她的成长,现在整理起来颇有点感慨万千的意思。

在拷贝电脑资料的时候,童四月一眼瞄见了一行让她心疼的字——"旺发超市斐小婕强奸未遂案",本来是想复制,手一滑却点开了。文件夹里有一些文字资料,还有一些案发当天超市的监控视频。突然,视频自动播放起来,她吓了一跳,过了一会儿才意识到自己的手压到键盘了,刚想关掉,却突然发现一个奇怪的地方。

视频里的时间——

竟然是停止的！

童四月以为自己眼花了，揉揉眼睛，视频又恢复了正常。

难道是她缺乏睡眠出现了幻觉？

童四月刚关掉视频，又总觉得哪里不对劲，不放心又重新打开拖回去看了一下，就这一下她发现了一个让她毛骨悚然的细节！这个视频一共四十分钟，是旺发超市洗手间门口的监控器所拍摄，内容是斐小婕出事的前后时间段，在这个视频的第二十八分钟的时候竟然有两个零一秒！

一段正常的超市监控视频怎么会有两个零一秒呢？

一道闪电从童四月的脑海中划过，这只有一个可能，就是这段视频被人故意剪辑过。

而时间断开的这一秒，恰好是斐小婕在洗手间里而兰搏冲出去追色狼的那个时间。

童四月放下手中的文件夹，用双手捂了一下眼睛，努力让自己注意力集中。经过反复的对比查看，终于让她发现了一个纰漏！监控视频的开头和结尾都出现了同一个清洁阿姨，但在监控视频的开头阿姨戴着是两只正常的袖套，监控视频的结尾处阿姨的袖套却有一只戴反了！

童四月立刻放大了视频，看清楚了清洁阿姨名牌上的姓名，打电话到超市。

　　让童四月惊喜的是，那位清洁阿姨记得很清楚，她说那天她儿子生日，她一早起来去买菜，匆匆忙忙上班的时候差点迟到，结果袖套戴反了一整天。直到快下班脱袖套时才发现了这件事，她印象特别深的是，她儿子生日的第二天超市就发生了强奸案，而她负责清洁的楼层就是斐小婕出事的那个楼层！

　　所以说……是有人把前一天的视频和第二天的视频调包，经过剪辑组装成了一个视频……

　　在这之前，所有人都默认了斐小婕强奸案也是袘叔所为，袘叔一死大家都以为案子已破，却忽略了一个细节，袘叔杀人是为了报复荒安君，而斐小婕为了保持美白很不喜欢晒太阳，几乎不玩任何水上项目，也不喜欢苦海湖……根本不可能跟荒安君扯上什么关系。

　　所以，斐小婕案子的凶手一定另有其人！

　　证据就在被调包的视频里！

　　想通这一切后，童四月又打了个电话给旺发超市的物管部，要求重新调取案发前一天和当天的视频。

　　物管部的大叔是个直肠子，最怕这种麻烦事，嘟嘟囔囔地抱怨："调什么调啊，你们警察做事毛毛躁躁的，尽给我们添麻烦，上次那个警察拷了两天的监控去，说好了第二天还回来，结果第二天还磁卡的时候说是电脑中毒了,里面的视频都没了,害得我被上司骂,现在又想拷什么……"

明明只需要一天的视频,但那个同事拷了两天的……

"你还记得那个警官叫什么名字吗?"

"记得啊,怎么不记得,你们宇文胄,宇警官嘛。"

宇文胄?

童四月"哐"地跌坐在旋转椅上,她怎么就没有想到,作为警方的证物,能在视频上做手脚的只有宇文胄啊……

进入警局后的无数个细节涌入童四月的脑海中,宇文胄带着笑意请她们吃饭,热情洋溢地邀请她们去他家做客,每次查案有血腥的场面都会先拦住斐小婕不让她看到。以前童四月喜欢宇文胄,以为这些都是宇文胄照顾自己的闺蜜,现在回头来看,种种细节都表明……

宇文胄从早开始一直喜欢的人是——斐小婕了!

如果是半年前得出这个结论,童四月估计要暗自伤感,但现在她心里只有数不清的疑问。

如果她推理的没错,宇文胄真的喜欢斐小婕的话,那他为什么又要害她呢?

童四月打开电脑,最终在宇文胄的社交账号上找到了答案,他的空间里有一个名为童年的相册,童四月破译了密码,里面有四张照片,都是宇文胄和一个老人,可以看出老人和宇文胄的眉眼很像,应该是他奶奶。

空间里还有一些上锁的日志,童四月一篇篇地阅读下来,终于知道了真相。

宇文胄的父母一直在外工作,没有时间带宇文胄,从小宇文胄就是跟着奶奶一起在乡下长大,看得出他们祖孙俩感情很好,每一张照片奶奶都紧紧地搂着宇文胄。

转折发生在宇文胄八岁,只在过年才有空回来的父母意外地在平常的日子回来了,宇文胄很高兴,每次爸爸妈妈回来都会给他带很多好吃的。让他意外的是,爸爸妈妈这次并没有带玩具和零食,而且奶奶一直在屋里哭。

原来爸爸妈妈离婚了,爸爸破产了,妈妈找了一个有钱的叔叔,有钱的叔叔请了律师,宇文胄被判给了妈妈,从此他不能再在这个家庭生活下去了,他要跟着妈妈一起搬到另一个城市。

宇文胄并不同意这样的分配,他从小是奶奶带大的,对他来说爸爸妈妈离婚他一点感觉也没有,他不想跟奶奶分开。他激烈地反抗,甚至以死相逼,但这一切都无济于事,妈妈坚持说这是为了他好,最后他被几个舅舅捆住丢上车……

三个月后，当他在新的城市新的学校安定下来时，妈妈才告诉他，他奶奶死了，已经死了两个月。她还说："人老了死了很正常，当时你刚转学又要筹备考试我就没告诉你了，以后就不要闹着要回去了，好好学习吧。"

　　很多年以后宇文胄才知道，原来奶奶并不是病死，而是自杀，奶奶接受不了亲手带大的孙子离她而去，太过思念最终选择了自杀！

　　知道这个消息后，宇文胄就从家里搬了出去，选择了寄宿，从此再也没有喊过一声"妈"。在他心中，他奶奶的死完全是因为他母亲的嫌贫爱富。如果不是她嫌贫爱富，她就不会跟父亲离婚；如果不离婚，他就不用去另一个城市；如果他还跟奶奶在一起，奶奶肯定不会自杀，奶奶会健健康康会长命百岁，会跟着他一起坐在案板边哼着小调给他做他最爱吃的白胖饺子。

　　或许在那个时候宇文胄心中就埋下了一颗仇恨的种子，对世上所有嫌贫爱富的女人的仇视，以至于后来宇文胄跟斐小婕表白，斐小婕因为童四月而拒绝了宇文胄。而宇文胄却误以为斐小婕是嫌他穷，当看见斐小婕和兰搏在商场里有说有笑的样子，更证实了心中的想法，一怒之下他丧失了理智，想要强奸斐小婕，却在最后关头被一个进来上厕所的路人打断，仓皇逃走……

　　事后为了逃避法律的制裁，利用职务之便，宇文胄毁灭了证据，模拟了之前吴陈恭的奸杀案的细节,甚至在他准备做这件事之前他已经想好,栽赃给奸杀案的凶手,所以他才会提前准备,在手指上捆了刀片划伤了斐小婕的脸,伪造成是同一个犯罪嫌疑人的假象……

童四月关上电脑,陷入了痛苦的沉思。斐小婕说自己全程被捂着眼睛并没有看清凶手的样子,这到底是真的,还是假的?

或许,斐小婕早就知道凶手是谁,却担心她知道真相后内心会有愧疚,毕竟如果不是她斐小婕根本不会认识宇文胄,也不会跟他有进一步的交集。

想到这里,童四月再也忍不住,一个人在空旷的办公室里哭了起来……

铺天盖地的礼炮声伴随着雪片一样的花瓣落下,兰公子婚礼的奢壕场面可谓是羡煞了一群路人。作为新娘的斐小婕更是美得不得了,头上戴着一朵新鲜的百合,又纯洁又漂亮,露肩的拖地婚纱将好身材勾勒得一览无遗,36D的大胸更是让新郎官心跳不已,整个仪式恨不得用块布把老婆裹起来,生怕被路人多看了去。

斐小婕嘴角的那道疤痕已经好了大半,被粉一盖只剩一条细细的红线,像是一个雨过天晴的微笑。

她心不在焉,一直左看右看,终于在仪式快结束的时候,才看见童四月上气不接下气地跑进来。

斐小婕从手捧花里揪下一朵砸过去:"你想死吧!老娘结婚都敢迟到!"

童四月一副睡眠不足的样子,妆也化得乱七八糟。

她疲惫不堪地说:"给你准备结婚礼物去了。"

"礼物呢?"

童四月一摊手:"已经送了啊,你看不见吗?"

一个月以后,宇文胄被传讯,因为猥亵罪停职调查,等待着他的将是法律的严惩……

4.

乌云密布的湖面上,肆虐的狂风席卷着黑色的湖水,一道接着一道的闪电将夜空照得亮如白昼。

苦海市的老人都说,活这么久第一次看见这么大的风浪,这怕是惊扰了天神了。

出海的船全都回了港,老人们抱着孙子半哄半吓:这种天气啊,可不敢乱跑,不小心惹怒了老天爷可是会被收走的!

浓重的乌云将天空压到了最低,随着"咔"一声巨响,一道闪电将黑色的夜空从中劈开,借着刺眼的光亮有人惊呼——看哪,水天交接的地方,有一个小小的黑影被倒吊在湖面上!

更让人不敢相信的是,在巨大的风浪中,一艘小游船不但没有靠岸反而迎着风浪奋力地向黑影划去,伴随着咔嚓的闪电,小船艰难地在风浪中一上一下一沉一浮。

"啧啧,怕是凶多吉少啊!岸边的人都觉得船上的人疯了,这个天气划船,不是找死是什么。

一道一道的闪电都像长了眼睛,劈打在远处的黑影上,小小的黑影一动也不动,仿佛已没有了生息。

"快点!再快点!"童四月一边在心中默念一边拼了命踩船,眼见着离目标黑影越来越近,突然,一个巨浪打过来,船失去了平衡,整个翻了过来,童四月也"咚"的一声掉入湖中……

"啊——"

童四月尖叫着从床上坐起来,大口喘气,冷汗直下,最近一阵子她睡得很不安稳,总是反复做着同样的噩梦。

梦中,荒安君被倒吊在苦海湖上,忍受着千百道雷电的击打,她想去救他,却根本无法靠近……

虽只是梦,但反复出现让童四月充满了不安。

自连环奸杀案子告破后,荒安君就消失了,童四月特别担心因为袘叔的事他会受到什么牵连。毕竟电视剧都是这么演的,一旦既定的命运被人类强行更改,必定会受到天地的惩罚。

一想到荒安君很有可能正受着雷劈的折磨,童四月就再也坐不住了,下楼拦了一辆车,朝着苦海湖奔去……

周末的苦海湖跟童四月梦中的一点也不像,完全称得上是欢乐的海洋。碧蓝的晴空下,五颜六色的帆船停泊在湖上,沙滩上卖烤串的、泳衣的,人声鼎沸、热闹非凡。

童四月挤了半天才花了高于市场两倍的价格,抢到"欢乐半日游"潜水门票一张,她穿着保守的泳衣,羞涩地坐在一群高矮胖瘦不等的游客中间,慢慢驶离了岸边。

快艇"砰砰砰"地冲向湖心,童四月被颠得五脏六腑都要碎了,手紧紧抓着围栏,连眼睛都不敢睁。对面一个十一二岁的小正太呵呵地看着她:"姐姐你胆子怎么这么小啊?"

童四月紧张得脸上的肌肉都要失去控制,挤了一个比哭还难看的笑:"姐姐不是胆子小,姐姐天生怕水。"

小正太眨眨眼睛:"怕水为什么还要来学潜水啊?"

"为了自己喜欢的人啊!"因为风浪的原因,童四月只能抬高了自己的音量,几乎是用喊的,"因为喜欢就会变得勇敢啊——"

小正太也用喊来回话:"那什么是喜欢啊?"

童四月还没来得及回答,小正太就被妈妈一把拉了回去,勒令其乖乖坐好:"你现在的任务是好好学习,其他的都少关心。"

快艇到了一片清澈度特别好的水域，速度渐渐慢了下来，教练开始组织游客换上软软的泡沫厚底鞋，并教了一些简单的手势，告诉大家如果在水里不舒服可以摆手，教练就会把你带上去。

虽然连一点水都还没碰到，但童四月已经吓得手脚冰凉，却还是假装镇定的样子，认真听教练讲解。

"严格说来这不是真正的潜水，不需要提前练习，也不用穿潜水衣，等会儿我们会给你们一个头盔，就可以下水了，头盔连着一根输气的管子，非常简单的。"

童四月听得似懂非懂，小正太已经迫不及待地冲在了第一个，临下水前还冲童四月做了个鬼脸。

等人都下光了，童四月才哆哆嗦嗦挪到快艇边。教练见惯了又想玩又怕死的女生，根本没把童四月的哆嗦当回事，直接拿着一个全透明的头盔往她头上一罩，二话不说就把她推了下去。

童四月被十几二十斤的头盔压着，身后又被教练拖住，像块石头一样迅速向湖底沉去，害怕到了极致。

大概七八秒之后，终于沉到底，童四月这才发现不知道什么时候起，自己像八爪鱼一样缠在了教练的身上。教练挣脱她，阴沉着脸对她比了一个 OK 的询问手势。

童四月试着喘了两口气，发现自己戴着的头盔正呼呼冒着气，湖水都被气压隔绝在头盔的外面，还好，还可以呼吸。她张了张嘴，平衡了一下耳膜的气压，安抚了一下狂跳的心，对教练回了一个 OK 的手势，示意不用中断。

等童四月真正镇定下来才看清周围的一切，湖底并不混浊，她的周围围了不少小鱼。教练给了她一块面包让她撕着去喂，又捡了一颗贝壳一样的东西让她去触摸和感受，不远处戴着跟身体完全不成比例的大头盔的小正太正被一条彩色的大鱼吸引，他抢了妈妈的面包要去喂大鱼，阳光透过湖水投射下金色的光柱，她突然觉得好像水也没有那么可怕了……

5.

一年后，童四月坐在船沿上，冲着又高又帅的教练比了一个 OK 的手势，向后仰面入水。经过一年的学习，她已经可以像个真正的 Diver 那样，穿着蛙鞋、戴着空气面罩下潜到三十米深的湖底。

今天是她二十八岁的生日，也是她第一次脱离教练一个人下水，她特意选了这个日子，也精准计算了当年兰搏开船将她撞下水的位置，怀揣某种仪式感，向湖底下沉。

成串的气泡咕噜噜模糊了视线，温暖的湖水紧紧包裹在她的周围，与之前反复练习的一样，她顺利地到达了她想要到达的深度，橘色的小鱼成群结队地呼啸而过，各种水草则安静地漂在湖底等待着客人观赏。

童四月不知道自己到底潜了多久,她只记得她上船的时候教练吓坏了的脸,叽里呱啦跟她表示她如果再不上来他就要下去捞她了。

像曾经上百次的下潜那样,湖底有奇趣的小蟹,有茂密的水草,有成群的小鱼,却没有她想看到的荒安君,那年夏天她沉入湖底意外落入的那个晶莹剔透镶满各色奇珍异宝的奇怪商铺,再也找不到了……

当晚,童四月做了一个梦,和之前荒安君被雷劈电闪惩罚的梦不同,这次他如往常般吊儿郎当地斜躺在朱红色的太师椅上,一只手拿着折扇,另一只手把玩着耳边的青丝,似笑非笑地看着她。

童四月冲上去,有几百个问题想问他,你去哪儿了?你为什么再也不来找我了?你想我吗……

但她什么声音也发不出来,她胸口憋了整整一年的委屈,都化作滚烫的泪水,流了一脸……她哭啊哭啊,不知道哭了多久,才听见荒安君问她,你来这里做什么?

她想说,我想你,我喜欢你,我发现自己喜欢上你了,我想跟你在一起。

可她一句话都说不出,不是她不想说,而是说不了。

"跟买卖无关的问题是不能问的哦。"一个声音在耳边响起。

童四月张了张嘴:"我……我来买东西……"

像狐狸一样狡黠的眼睛凑近了三分,他道:"请问,你要买什么?"

"我……想要买……"

"嗯?"

"我想买你的爱情。"

"确定?"

"确定。"

"你愿意出什么价?"

"天价。"

漂亮的狐狸眼睛又往前凑了点,几乎是挨着童四月的鼻尖:"对不起,本店不收'天价'。"

"那我'以物换物'。"

"你有什么?"

"爱。"

"你想用'以爱换爱'?"

"嗯!用'我爱你'换'你爱我'行不行?"

漂亮的男人嘴角露出了一抹笑容:"童四月,没见过你这么赖皮的,欠着我的钱还没还我,又想来占我便宜!"

不等童四月反驳,她期待了很久的两片柔软的唇贴了上去,边攻城略地边含混不清地说:"本金待会儿再说,利息我可要先收一点……"

童四月被吻得意乱情迷,挣扎着好不容易吐出两个字:"奸商!"

"童四月。"

"嗯？"

"我这辈子就是个奸商，因为我从不做亏本买卖，唯有对你，才不计盈亏……"

暖橘色的晨曦随带着清晨的微风吹起了米白色的窗格，晴天娃娃的瓷风铃叮咚作响，睡梦中的童四月面色微红嘴角上扬，做了一个很美很美的梦……

番外
望春街琐事

（一）

深夜，望春街头，一位身穿红色连衣裙的少女，正低头赶路。

走过望春街又转了一个弯，路灯变得更加昏黄起来……

空气中弥散着一股奇怪的味道，少女仔细嗅了嗅，像是……鱼腥味。

可这附近既没有菜市又没有池塘，哪来的鱼腥味呢？

红衣少女的心中掠过一丝不祥的预感，新闻里连环杀人案现场、关于苦海湖的那些传说……无数恐怖的画面涌入她的脑海……

少女不由得加快了步伐，呼吸也变得急促起来……

快走吧，穿过这个路口，就安全了……

少女越走越快，高跟鞋与石板碰撞在一起发出急促的脆响，在空无一人的街头，显得气氛更加诡异……

不知何时她的身后多出一个黑色的身影，尽管她走得很快却仍然无法摆脱，相反黑影离她越来越近……最后几乎是贴在了她的背上……

少女吓得小跑起来，又忽地站住，她感到脖子处吹来一阵凉风，一只黑乎乎的毛手从她的背后伸了过来……

在那只毛手马上就要勒住她的脖子时，眼前红衣少女突然脖子一缩头一低，生生地变矮了三四公分，紧接着抓住黑影的手向前一拽一弯腰，一个漂亮的背摔。趁着这一摔红衣少女灵敏地反身一骑再一扭，只听"咔"一声——黑影连叫都来不及叫一声就被制服了。

等待着他的将是无尽的牢狱和法律的制裁，在被赶到现场的警察押上警车的那一瞬，这个血债累累的黑影人终于有机会转过头去看一眼制服了他的人——

红色的连衣裙、忽闪着长睫毛的电眼、白皙的皮肤以及……发达的肱二头肌！黑影人被震出了内伤。

几分钟前，他还想拖回家去嘿嘿嘿的"可人儿"，当着他的面去掉了齐腰的假发露出了短短的碎发，紧接着——

摘掉假睫毛，擦掉唇彩，将连衣裙卷起来掖进牛仔裤里，一分钟不到的时间，红衣少女就变成了一个肤色白皙、面容俊秀的少年——原来是个便衣警察。

　　黑影人捶胸顿足，上当了啊！我当时怎么就没发现，这双高跟鞋是42码的呢！

　　画面的最后俊秀的少年换上超帅的警服对着屏幕微微翘起了嘴角……
　　屏幕的下方无数少女发出了歇斯底里的尖叫——
　　坐在台下的童四月支着下巴，面无表情地问："你把兰搏画得这么帅不心虚吗？"
　　"他本人更帅啊！"斐小婕夸张地瞪大了眼睛，今天对于她来说是个重要的日子，她所执笔的悬疑推理漫画《蓝衣少年》在网上收到了极高的点击率，紧接着又被一家大型出版社看中签了下来，今天是她漫画的新书发布会，斐小婕化了一个精致的妆容看起来更加光彩照人。

　　"你确定这个漫画里面英俊潇洒、智勇双全、屡破奇案还低调有爱心的男主原型是兰搏？！"
　　"嗯！有什么问题吗？"
　　"没有……"
　　"那这个长得像男人一样的金刚芭比是？"
　　"你呀。"

童四月捂着自己的平胸泪流满面。

"喏。"斐小婕指着画面中高大威猛威风凛凛的大猎犬,"这是胖塔。"

童四月再一次捂紧了胸:"以后你的漫画我还是不看了,我怕剧情太刺激了,心脏承受不了。"

"兰搏看到你把他画得这么帅,会不会内心膨胀?"

"不可能。"嘴上说着不可能的斐小婕转眼就看到了梳着夸张背头的兰搏站在一群美少女的中间,搔首弄姿地合影。

"听说你是这部《蓝衣少年》的原型哎,你好帅哦!"

"我好喜欢这部漫画,我能不能站在你边上拍张照啊?"

"啊——我偷拍到他了——"

"听说他们家特别有钱呢!"

"好希望有个这样又有钱又帅的男朋友哦!"

……

一个月以后……

【苦海市晚间新闻】

据热心市民的举报，连载一年的热门漫画《蓝衣少年》今日宣布完结，令人意想不到的是，这部漫画的结局引起了不小的轰动。

"主角兰少侠，在一次执行任务中不幸感染梅毒并被流弹击中面部惨死，死前面目扭曲，场面极其恐怖。"

《蓝衣少年》是一部点击率突破千万的热门漫画，"兰少侠"更是该漫画中最受欢迎的角色，因为不满漫画的结局，"兰少侠的老婆们"会集在市中心的广场上、漫画公司的楼下，甚至是警局的周围讨要说法……

本台记者试着连线《蓝衣少年》的作者知名漫画家斐小婕进行采访，却被告知斐小婕正和老公在国外旅游无法接受采访……

（二）

午休时分，警局的餐厅里兰搏正在悠闲地喝奶茶。

新来的警员小李端着餐盘坐到了他面前，不一会儿就热切地聊开了——

"我在警局里最羡慕的人就是兰哥了！"

"哈哈哈，我有什么好羡慕的？"兰搏最喜欢别人夸他了，看见小李那懵懂的眼色立刻热烈地引导。

"兰哥你刚来就跟着童队破了大案。"

"还有呢？"（多说一点不要停。）

"还找了一个这么漂亮的老婆。"

"那当然！"兰搏眉开眼笑，"我老婆的颜值那是没得说！"

"对！我以前还是小婕姐的粉丝呢，她 cos 的女帝我特别喜欢！"

兰搏放下了手中的奶茶，警惕地看了对面的小李几眼，确定完小李真的没有他帅后才松了口气："哎呀，其实你也不错啦，以后肯定也会找到漂亮的女朋友的。"

小李低头戳了戳餐盘："我不行，我嘴笨。"

"我教你啊！"兰搏突然来了兴致，"有一位名人说过，男女之间的情谊都是从借书开始的,借一次还一次就是两次，一下子不就认识了！你看前面有个美女，你走上去跟人家打个招呼借下手机，然后假装给我拨，不就既认识了又有电话了吗？"

这是兰搏在没认识斐小婕之前最爱用的招。在酒吧或者餐厅看到好看的女生，他都会走上前去搭讪："小姐姐，我手机没电了，能不能借你的手机打个电话？"兰搏长得好看，嘴又甜，此招一出十拿九稳屡试不爽。

不过搭讪也需要天赋，很明显小李没有这种天赋，他坐在自己的座位上练习了半天，结结巴巴脸都憋红了。

"我好热,热得要发育了,哦不是发晕了。"

"紧张什么,不就一句话。"

"不行啊,我一跟女孩子说话就脸红,还会结巴。"

"那你说短一点,少说几个字意思也是一样的。"

"真的吗?"

"相信我,你可以的。"

在兰搏的鼓励之下(去吧!皮卡丘!),小李战战兢兢朝着餐厅里一位高挑的美女走去……

五分钟后,小李瘸着腿哭丧着走了回来。

兰搏(预感到不妙啊):"怎么样了?"

小李:"不怎么样,差点被揍死。"

"怎么可能,什么情况你跟我说说?"

"我就走到她跟前说:'大妹子!给我手机!'然后她就一拍桌子:'咋的啊!大兄弟!你还想在警局里抢劫啊!'我还没来得及解释,她就一个过肩摔'手机?我让你大吉大利今晚吃鸡'!"

兰搏一口奶茶直接喷出去:"谁让你喊大妹子了!谁让你说东北话了!"

"算你命大。"兰搏拉着小李边跑边说,"我昨天就听说,局里新调来了一个全市自由搏击的冠军……没想到是个女生……"

(三)

客厅里放着流行音乐,乔菲菲正在欢快地打扫卫生,今天辰时州新戏杀青,两人约好了一起吃晚饭。

正当乔菲菲干得满头大汗时,门铃突然响了,以为是买食材的助理回来了,乔菲菲想也没想就冲去开门——

门一开乔菲菲就呆住了——活生生的辰时州站在门口,露出她朝思暮想的笑容。

"不是说要六点才能到吗?"

"我想提前回来,不行吗?"

乔菲菲突然想到什么尖叫一声往屋内跑去,刚跑了两步又被一只有力的大手抓了回来——

"你跑什么!"

"我——"乔菲菲羞涩地低着头,"我还没化妆。"

"这样挺好。"

"也没洗脸……"

辰时州将她拉回怀里狠狠地亲了一口："我不嫌弃。"

"我……"

"还有什么？"

"我胖了三斤。"

乔菲菲欲哭无泪，作为一个女明星来说"胖三斤"简直是噩梦！辰时州却一副很满意的样子："你胖成猪我都喜欢！"

"哪有人说自己老婆是猪的！"

"你不是猪，你最多是个——小猪佩奇。"

"辰——时——州——"

"安啦。"辰时州捧起乔菲菲的脸认真地亲了一口，这一口就像是一颗定心丸，聒噪的老少女立刻安静了下来。

"不过我半个月没见到你，你好像真的胖了一点。"

"会不会是——"

两人的心头同时闪过一个可怕念头！

十分钟后，气喘呼呼的助理从门外递来一张小小的试纸。

看着那张试纸乔菲菲紧张得心跳都要停止了，不会吧……不会这么巧吧……

四只眼睛死死地盯着试纸，时间一分一秒地过去，一根线……两根线！

完蛋了！乔菲菲内心哀号一声！

不同于乔菲菲的崩溃，辰时州拿着试纸的手轻微地颤抖，激动得甚至有点泛泪——

"两根线哎，我要做爸爸了。"

辰时州的情绪感染了乔菲菲，两人抱着又哭又笑，过了一会儿，辰时州突然一个激灵："不对啊，你上次探班的时候不是告诉我你大姨妈刚走吗？"

"上次探班是什么时候？"

"半个月前。"

像是想起了什么，两人同时扑向垃圾桶，果然——

试纸包装上赫然写着"××牌排卵试纸"几个大字！

辰时州怒了："早孕试纸和排卵试纸都分不清！我要开了他！"

乔菲菲却松了一口气，偷偷笑了起来："好啦，不气不气，虚惊一场嘛。"

"什么虚惊一场！明明是白高兴了一场。"

"我觉得我们现在这样也挺好的。"

"好什么好！"辰时州瞪着一双眼睛，像是要吃人的鱼，越靠越近——

温热的气息喷到乔菲菲的耳后……

"你……"乔菲菲紧张起来,一丝不祥的预感掠过心头,"你要干什么?"

"我要干什么?"辰时州单手一拨,乔菲菲感觉到背部一凉什么东西被轻易地打开了……

"我要将错就错。"

(四)

蓝白色布艺沙发上,穿着中式衬衣的荒安君正坐在沙发上皮笑肉不笑,童四月偷偷地提醒:"你笑不出来就别笑了,你这样比不笑更恐怖!"

沙发的对面是童四月和蔼可亲的父母以及……满脸写着挑剔的隔壁张阿姨。

张阿姨:"哎呀,今天啊真是个好日子啊!小童几年不回来,一回来就带了个大帅哥。岳母娘你们做了什么好菜招待人家啊。"

童妈妈(略微有点羞涩):"就做了几个家常菜不知道小荒你吃不吃得惯啊。"

童四月满脸黑线,原本就是被家里千催万催,好声好气地求着荒安君过年陪她回来应付一下老人家，谁知道好巧不巧一进门就遇到了来串门的张阿姨。院子里谁不知道张阿姨是事精啊，这下可好，屁股还没坐热就遭遇了张阿姨地毯式的询问——

"小荒啊，今年多大了？"
"比童四月大一点。"
"哦，男孩子大一点好，更有责任感。"
"那个，小荒是做什么工作的啊？"
"我开了一家店铺。"
"个体户呀……哎呀，张阿姨也不是死脑筋，个体户挺好的，灵活！哪里像我大女婿是公务员，特别麻烦，这也限制那也限制还不能随便出国呢。"

"那个……小荒啊，你的店开在哪儿啊，面积大不大啊，缺不缺营业员什么的？阿姨我也去打个工帮你站站柜台，哦嚯嚯嚯嚯，发挥点余热什么的……"

童四月满头黑线，张阿姨这种聊天的方式已经堪比他们警局的审讯了。

"不用了，我的店面积不大，卖的东西也不多。"
"哦。"张阿姨脑筋一动，心想白长这么好看了，原来就是个小卖部的小老板，"哦嚯嚯嚯，别怪阿姨多嘴啊，做点小生意挺好的，不要像我那个二女婿一样生意做得大，钱也赚得多，可是累呀，一年呀难得回几次家。阿姨觉得啊做点小生意赚点小钱就可以了，重点是要对爸爸妈妈好，多回家看看。"

"哎呀，小童啊你第一次带男朋友回来，有没有什么表示啊？"

童四月这才想起来，赶紧用手肘撞了撞荒安君。

荒安君从身后拿出一对青花瓷的酒瓶："叔叔阿姨，这个是我的一点心意，请你们收下。"

童妈妈还没来得及伸手，张阿姨就一把接了过去，精明的眼睛左看右看："呀这个酒好漂亮啊，肯定不便宜吧。"

"这个酒是我自己闲来无事酿的，不值钱。"

"哦哟，看不出来，小荒还是个会过日子的人哪！"张阿姨露出夸张的嫌弃表情，"哪里像我那个三女婿啊，每次送酒就送什么茅台啊、五粮液啊，我说了他们浪费钱，他们就是不改，烦死啦！"

"好啦，送什么都一样，只要小童喜欢我们就喜欢。"童妈妈笑眯眯地出来打圆场，"菜做好了，快来趁热吃吧……"

酒足饭饱后，童四月和荒安君终于得到了片刻的安宁，经过了地毯式询问的张阿姨也带着胜利的微笑回自己家了（长得好看有屁用！就知道是个穷鬼,哦嚯嚯嚯!)。

三个月后……

【苦海市晚间新闻】

今日一对老夫妻发现家中闲置的空酒瓶跟《鉴宝》栏目中的国宝相似,抱着试一试的心情报名参加了节目,谁知这一对其貌不扬的酒瓶竟是真的元代青花,经过专家鉴定,价值上千万。这可乐坏了老夫妻,也让街坊邻居都羡慕坏了,纷纷回自己家寻找有没有遗漏的古董。

躺在沙发上看新闻的童四月:"当初不是让你随便拿个瓶子吗?"
荒安君:"这就是我随便拿的。"
童四月撇撇嘴:"我可还不起。"
"我没打算让你还。"荒安君放下了手中的游戏机,扳过童四月的脸,"就当是第一次见岳父岳母的见面礼吧……"

(五)

周末,童四月躺在沙发上刷手机,突然看到一个段子:

一个女生问男朋友：装鞋的盒子是什么？

男生：鞋盒。

女生：那装我们的盒子呢？

男生：房子？

女生：不，是天作之合。

童四月兴冲冲地跑去问荒安君。

"装鞋的盒子是什么？"

身边的人连眼皮都没抬："废话。"

"回答我嘛。"

"鞋盒。"

"答对了！"童四月掩不住嘴角的笑意又接着问，"那装我们的盒子呢？"

荒安君抬头看了看四周："猪窝。"

童四月："……"

说好的相亲相爱呢！

童四月坐在沙发一端生闷气，旁边的人却像没事一样仍在刷手机。

"嗡——""苦海第一男神"发来一条新的消息。

童四月（哼，不要以为发个道歉信息，我就会原谅你），心里虽还在傲娇，手却点开了信息——

六张图！六个不同款式的钻戒！

童四月内心狂跳不已，这家伙，是要求婚了吗？

"嗡——"又是一条新消息！

"你选一个。"

童四月觉得自己的思维已经停滞了，脑部神经根本控制不住上扬的嘴角，咧着嘴一阵傻笑。

她边笑边低头看图——六款钻戒或灵动轻巧或高贵华美，各有各的好看。

最终童四月还是选了一个最简单的，那些造型各异的华丽钻戒虽然好看，但还是简单的最适合自己。

"选好了吗？"

"嗯！（^_^）"

"准备好了吗？"

"嗯！（^_^）"

"那我要开始了咯？"

"嗯！（^_^）"

"选 C 的人，你的性格活泼开朗，新的一年幸运色是金色，幸运数字是 9……"

"等等!你在念什么!"

"心理测试啊。"

"你刚刚给我发那张图让我选,是为了让我做心理测试?!"

"对啊。"

"我谢谢你啊!"

童四月喉头一咸,觉得上个月的姨妈血都要吐出来了。

求求你还是回湖底吧。

(六)

七夕节的清晨,门铃适时地响起——

童四月跑去开门,灰色制服的快递小哥微笑着递给她一个纸箱。

胖塔也屁颠颠地跑过来欢快地扭了扭屁股。

童四月签收了纸箱,捧回了客厅,纸箱沉甸甸的,童四月捧得小心翼翼。

沙发上斜躺着的荒安君笑眯眯地看着童四月却不来帮忙。

"都不帮我一下!"

"自己的东西自己拿。"

童四月眼睛一亮:"是你买的吗?"

"嗯。"

"是送给我的?"

"嗯!"

"是——送给我的七夕节礼物?"

"你怎么这么啰唆?"

"是专门买来送给我的七夕节礼物?!"

"你要不要!"

"要要要要!"童四月喜笑颜开,铁树也会开花,铁公鸡也会拔毛,真是活久见啊!

童四月刚把纸箱放在客厅,胖塔已经把裁纸刀叼了过来,一副也十分期待的样子。

随着"刺啦"一声,一只毛茸茸的爪子伸出纸箱——

一只蓝白色的小猫,扒在箱子边上,瞪着一双黑黑的眼睛萌萌地看着童四月。

童四月钢铁般的心瞬间被融化了,抱起小猫飞快地给了沙发上的家伙一个吻。

"呃,能不能矜持一点。"

"你管我!"

"喜欢吗?"

"特别喜欢!"

荒安君很少看童四月这么不淡定,知道礼物送到了她心坎里,也开心地笑了起来,两人一左一右围着逗小猫,商量要取个什么名字……

他们身后,一个黑影从没有关严的家门含泪跑出……

【苦海市晚间新闻】

都说"老鼠天生会打洞,小狗天生会游泳",近日却有市民在苦海湖边发现了一只欲跳湖的轻生的小狗。为什么说是欲跳湖轻生呢?因为狗的主人就在岸边苦苦呼唤,小狗却始终不肯靠岸,更有市民认出这只体形过胖的小狗就是前段时间网上人气极高的"狗中英雄",因为帮助了警察破案又憨态可掬,在短时间内收获了不少粉丝。很遗憾的是,不知道是什么原因让这只网红小狗在短短半年的时间内,从一只神犬走上了轻生的道路……这到底是道德的沦丧,还是人性的扭曲?敬请收看本台的后续报道:狗狗的变身。

后记
想你是一件很累的事

成长之后的多面是这个城市给予你的不安全感，从而创造出的保护色

在你们看到这个故事之前，它曾经有两个楔子，有两个结局。

一个温暖，一个残酷。

我自己挺喜欢那个残酷的结局，但无数看过试读的人都劝我——删掉吧，真实世界已经太过残酷，没有人想在故事里看一个不完满的结局。

我最终采纳了这个建议，让《他和谁和谁》变成了一个彻头彻尾的甜暖悬爱都市故事。

不知道从什么时候起，人们喜欢上了备份，考试的笔要买两支，开会的文件要打印两份，连爱人都需要有个备胎，仿佛在这个巨大的都市里，唯有拼命地准备、拼命地备份才能增加一点点可怜的安全感。

就像荒安君，他是强大的，但他也是孤独的。

就像辰时州，他是耀眼的，但他也是寂寞的。

我写的每个人物似乎都有着两面的性格，有温暖的一面也有残酷的一面，有强大的一面也有虚弱的一面，就像我下意识写出的两个结局，相互矛盾却又相互依托。

成长之后的多面是这个城市给予你的不安全感，从而创造出的保护色。

《他和谁和谁》里保护色最重的应该是荒安君，没有人知道他从何而来，他总是坐在幽静的湖底把自己活成了一幅古画，直到有一天一个莽撞的少女掉进了他的家打破了他的平静，用一种十分接地气的贫穷打破了他万事从容冷淡的保护色……

或许，这才是生活的气息。

你总是会被一个你所抗拒的东西所打破，从互相看不顺眼再到慢慢被他/她吸引……

我身边有特别多这样的故事，抠门到要把巧克力藏起来不给表妹吃的男生，最终被请全组吃KFC的豪爽少女所征服；小心翼翼缺乏安全感的姑娘最终会被没心没肺逗她笑的汉子所打动。

　　我曾经看过一本书，书上说金钱观相差越大的人，互相之间的吸引力反而越强，这也是为什么我给富有却抠门的荒安君配了一个贫穷却豪爽的童四月，让自力更生的斐小婕改变了曾经游手好闲的公子哥兰搏。

　　我希望他们是互补的，好像那个著名的说法，你是我缺失的一块肋骨，在没有彼此之前，我们都是不完整的，直到我们融合。

　　最后我想说一下，故事里的那只胖狗——
　　我在创作这个故事大纲的时候，刚刚从一个阿姨的手上领养回一只三色的胖柯基。

　　它就叫胖塔，它的身世很特殊。
　　阿姨曾经有个幸福的家庭，有爱护自己的老公和孝顺可爱的女儿，阿姨在一次生病住院时，女儿为了给她解闷送了阿姨一只特别漂亮的三色柯基。但让阿姨没有想到的是，她的女儿在结婚前夕，因为2016年的股灾赔光了家里给的几十万嫁妆，一时想不开烧炭自杀了……

　　阿姨说，女儿走了，只留下了那只柯基，从那以后，那就是她的精神寄托。

后来，阿姨给心爱的柯基——豆豆找了一个帅气的"老公"，怀了三只漂亮的小柯基，却因为难产最终只活了一只，那一只就是我所领养的胖塔。

它很调皮，但是也特别可爱。我写稿子的时候，它会趴在书房的门口看我，书房和客厅之间的地上有一根线，它知道我不让它进书房，但它会看我的眼色小心地试探，先伸过来一个鼻尖，看我没有反应，又伸过来一个嘴，再过一会就会假装睡着把整个脑袋都放在线里，直到最后整只狗欢快地冲进房里跳到我的身上，搞得我哭笑不得。

它总是千方百计地想跟我在一起，我看电视就赖在我的腿上，我写稿就趴在我的脚下，平时都乖巧得很，但要跟我分开就会特别焦躁。

我平时要上班不能时时刻刻陪它，又怕它在家乱吃乱咬，只能在上班前将它关进笼子。每当此时，它都会非常不开心，在笼子里大喊大叫，我一路逃窜到电梯里还能听见它的哀嚎，特别心碎。

后来，因为各种各样的原因，我没能继续养胖塔，我给它找了个特别好的新家，新家里有一只雪白的老萨摩耶，还有一个带着草坪的院子和已经退休了可以时时刻刻陪着它的主人。

它走的那天，开开心心地跟在萨摩哥哥的身后，讨好地摇着尾巴，被抱上了宽敞的SUV。

车子开动前，它突然从窗子里回头看了我一眼……

我不知道在它调皮的小脑瓜里会不会留有我的影像，我也不知道在它短暂的记忆里明不明白这就是分离，我只希望它能快点忘记我，虽然我非常非常地想它，可我觉得想一个人或者一只小狗是一件很累的事，尤其是你只能想却不能立刻相见的时候，所以我宁愿胖塔忘记我，开开心心没心没肺地继续它的生活，而想它这件很累的事就留给我自己。

——惊蛰

PS：

1. 希望大家都能爱护小动物，有条件的话，给予那些流浪的小猫小狗一些食物（不管是小猫还是小狗都不能吃盐，过多的盐会造成它们的肾脏负担，从而导致肾脏衰竭）。

2. 比较不怕被破坏美感又有强烈好奇心的读者可以去搜索我的公众号：惊蛰的蛰，回复"结尾"来看那个比较残忍的结尾。

不想看结尾，但对文章有一些疑问的也可以去公众号留言跟我讨论。

总之，谢谢你们能看到这里，像爱胖塔一样爱你们。

图书在版编目（CIP）数据

他和谁和谁 / 惊蛰著. -- 贵阳：贵州人民出版社,2018.4（2020.1重印）
ISBN 978-7-221-10596-7

Ⅰ.①他… Ⅱ.①惊… Ⅲ.①长篇小说－中国－当代
Ⅳ.①I247.5

中国版本图书馆CIP数据核字(2018)第064587号

他和谁和谁

惊蛰 / 著

出版统筹：陈继光
选题策划：大鱼文化
责任编辑：胡　洋
特约编辑：雪　人　采　薇
装帧设计：刘　艳　米　籽
封面绘制：九　七
出版发行：贵州人民出版社（贵阳市观山湖区会展东路SOHO办公区A座
　　　　　邮编：550081）
印　　刷：三河市华东印刷有限公司
开　　本：880×1230毫米 1/32
字　　数：179千字
印　　张：9.125
版　　次：2018年5月第1版
印　　次：2018年5月第1次印刷
　　　　　2020年1月第2次印刷
书　　号：ISBN 978-7-221-10596-7
定　　价：39.80元

贵州人民出版社微信

版权所有　盗版必究．举报电话：策划部0851-86828640
本书如有印装问题，请与印刷厂联系调换。联系电话：0731-82755298